Doris Wind

Eine unfassbare Sehnsucht

Autobiografische Erzählung

Christel Göttert Verlag

1. Auflage 2021

Titelgestaltung: Christine Traiser, Darmstadt
Satz: Kerstin Weber, Nauheim

www.christel-goettert-verlag.de

ISBN: 978-3-939623-78-6

Opfer zu bleiben ist keine Perspektive für mich
dafür ist die Welt zu komplex
das Leben zu kostbar
und die Menschen, die ich liebe
liegen mir zu sehr am Herzen, als dass ich sie damit
verletzen wollte

Wir brauchen Freude und Zuversicht, sonst können sich alte Muster nicht auflösen. Ein offenes Herz spürt beides, Leiden und Freude.

(Sylvia Wetzel)

Dank

an alle,
ohne sie hätte ich nicht überlebt:
Da war die Freundin, die mich zum Kartenspielen mit dem Auto abholte, immer wieder,
andere, die mich nicht aufgaben.
Dank an meine Freundinnen, die etwas in mir sehen und mit mir leben, das nichts mit dem Trauma zu tun hat,
an alle meine Liebsten, die mich auf Augenhöhe forderten und mir einen Reichtum an neuen Erfahrungen schenkten,
Freundinnen und Liebste, die mir die Liebe eröffneten
und Vertrauen,
Menschen, die mir Zuwendung schenkten und auch Geld,
die großartigen Therapeutinnen, denen zu begegnen ich das Glück hatte,
Mathilda, die so unkonventionell in ihrer Begleitung war,
das Klinikpersonal, das immer da war,
C.L., die immer an mich glaubte,
die Eltern meiner Jugendfreundin, bei denen ich immer willkommen war, die mich mochten und die mir die erste eigene Wohnung ermöglichten,
Sieglinde, die mir spontan dabei half, meine erste Therapie bezahlen zu können,
den Ausbilder, mit dem ich es, ohne dass er es wusste, zum ersten Mal wagte, mit einem Mann allein in einem Raum zu bleiben,

den einen männlichen Therapeuten, der durch seinen Respekt
und seine Einfühlung mein Männerbild nachhaltig veränderte,
die Anwältin, die sich für mich einsetzte mit Empathie und
Großzügigkeit,
meine WG-Frauen, die mir ein Zuhause waren,
die Kinder, mit denen ich zusammenlebte und durch die ich
begriff,
was Kind sein eigentlich ist,
meine Jugendgruppe, durch die ich rauskam aus dem Elternhaus
und plötzlich nicht mehr einsam war,
die Lesben, die mich nach Berlin lockten und mir eine neue
Welt zeigten,
meine Grundschullehrerin, die mir lesen und schreiben
beibrachte und darauf bestand, dass ich aufs Gymnasium kam,
den Cousin, der mir das Schwimmen beibrachte,
die Jungen von der Hütte, von denen ich Karten kloppen lernte,
Werner, der mir das Trapezsegeln zutraute und mich damit
stärker machte,
Herrn H., der mich ganz individuell, einfühlend und auch
nüchtern in den beruflichen Wiedereinstieg begleitet hat,
alle politischen Freunde und Freundinnen, die meine Visionen
einer friedlichen, gerechten Welt teilen – das gab mir immer
Orientierung,
Tara, mit der sich alles änderte,
meine buddhistischen Lehrerinnen, die mir Zugang zu einer
Spiritualität eröffneten, die mich trägt,
die Frauen meiner Taragruppe, die mir ein neues Zuhause wurden.

Dank an alle diese liebenswerten, schönen, tollen, kreativen, feinfühligen Menschen, die mein Leben reich machen.
Dank auch an Francine Shapiro, die das EMDR entdeckte und entwickelte,
und an Luise Reddemann, die eine neue Haltung gegenüber Betroffenen einführte, als kompetente Persönlichkeiten mit vielen Ressourcen, die den Blick von Mangel und Störungen auf die Kräfte, natürliche Intelligenz und Kreativität lenkte,
an die Matriarchatsforscherinnen, deren Erkenntnisse für mich eine Offenbarung waren,
und nicht zuletzt an Agatha Christie, die mir bis heute entspannte, vergnügliche Stunden beschert.

Doppelleben eins

morgens auf dem Weg zur Arbeit
Panik steigt auf, steigert sich, legt mir nahe umzukehren
wie schon tausend Mal, jedes Mal, neu, erschreckend
doch ich bleibe auf dem Weg, kehre nicht mehr um
komme an, erreiche die Arbeitsstelle
verschwitzt und erschöpft
verschenke ein freundliches »Guten Morgen« in alle
Richtungen
sinke auf meinen Bürostuhl und bin sofort einsatzbereit
für alle Fragen, Beschwerden, aktuellen Probleme
telefonisch und persönlich
denn ich bin die Empfangssekretärin
und die Lösungsfinderin für die Probleme der Klientel
stets freundlich, höflich, hilfsbereit und abrufbar
ich erledige meine Alltagsdinge kompetent und sicher
bin in Kontakt, freue mich, bin lebendig und wach

abends zum Doppelkopf, Spaß den ganzen Abend
nachher; der Weg ist die Hölle, hin und zurück
jeden Tag kämpfe ich mit der Angst, wenn ich morgens
das Haus verlasse
jeden Tag bewältige ich aufsteigende Panik, mal mehr,
mal weniger stark
manchmal nur einmal, an manchen Tagen auf
mehreren Wegen
wenn ich am Ziel ankomme, drinnen bin, ist alles gut

Ich lebe in zwei Wirklichkeiten

in meiner Trauma-Wirklichkeit überquere ich die Straße und
weiß nicht weiter
Angst droht mich zu lähmen
kann nicht vor und nicht zurück
das Ziel, zehn Schritte entfernt, scheint unerreichbar
hinter der Glasscheibe
ich bemerke sie nur, wenn sie aufgeht
manchmal
dann trete ich heraus, wie aus einem Traum
alles ist klarer, deutlicher, näher, Menschen und Häuser und
alles andere
bin ich hinter der Glasscheibe oder die Welt

Kaleidoskop

Ich bin die,
die gerne morgens vor der Arbeit schwimmen geht
die einen Vierzig-Stunden-Job ausfüllt
kompetent und präsent
die Freundinnen hat
Theater spielt
und leidenschaftlich gerne Karten
die meditiert seit fünfzehn Jahren
die sich in Gruppen engagiert
die, wenn sie etwas unbedingt will, von dem sie spürt, dass
es gut für sie ist, unglaublich ausdauernd und beharrlich
sein kann
die sich Wünsche erfüllt und Ziele erreicht
die als Jugendliche und junge Frau politisch aktiv war
in Brokdorf
in der Frauenbewegung
die in WGs gelebt hat
und nun seit fünfzehn Jahren allein wohnt
aufgewachsen im Ruhrgebiet, von da nach Berlin,
Frankfurt am Main, Bremen
die gern lacht
das Leben liebt und die Menschen

im Sommer draußen schwimmt
die meiste Zeit ihres Lebens in Liebesbeziehungen war
für die all das nicht selbstverständlich ist

Denn ich bin auch die,
die über die Straße geht und plötzlich weder vor noch
zurück weiß
die sich fast diesem überwältigenden Gefühl ergibt
nichts geht, Hilfe, wo ist Rettung
die auf dem Weg zur Arbeit vor lauter Panik kotzt
die, wann immer sie sich auf den Weg macht, das Haus
verlässt, ob nun morgens, mittags oder abends, nie einfach
so losgeht
die Angst ist im Untergrund immer dabei
die ständig taktiert, damit niemand auf der Arbeit etwas merkt
die heimlich Taxi fährt oder Bus, da, wo andere zu Fuß gehen

Warum nur fühle ich mich so verloren, draußen in der Welt?
immer wieder vor einem Abgrund
das Kind in mir will immer noch gerettet werden
es gab Zeiten, in denen ich nicht für mich sorgen konnte
nicht das Haus verlassen konnte
nicht sprechen konnte und nicht fühlen
in denen ich tagelang Angst vor Wegen hatte

Doppelleben zwei

Angst, unterwegs zu sein, außerhalb geschlossener Räume
Angst als Hindernis davor, einfach loszulaufen
zu Fuß zu gehen
Angst als Hindernis davor, zu reisen

und ich gebe nicht auf
und ich gebe nicht auf
und ich gebe nicht auf
und ich gebe nicht auf

für mich gibt es keine Normalität
schon gar nicht eine von anderen definierte
mein größter Wunsch: vor die Tür treten und einfach
loslaufen, gehen, zu Fuß und überall hin, wohin ich will
ohne Angst
ohne das Gefühl, umkehren zu müssen, mich in Sicherheit
bringen zu müssen
das tun, was für viele selbstverständlich ist
gehen, einfach gehen

Morgenperlen eins

Sechs Uhr. Der Wecker klingelt. Kurzes Zögern, doch dann schwinge ich mich aus dem Bett. Ein großes Vergnügen lockt. Ich weiß auch um das Hindernis davor und ich weiß, ich werde es überwinden, denn das, was ich vorhabe, ist mir so wichtig, dass ich es um keinen Preis aufgeben will.
Rein in den Badeanzug, meine Bürokleidung darüber, rauf aufs Fahrrad und los in Richtung Freibad.
Mich von der Panik, die sich meldet, nicht schrecken lassen, atmen und die Ampel an der ersten Kreuzung fest im Blick. Wenn sie auf Grün steht, ist es gut, dann kann ich gleich weiter. Bei Rot und Stillstand wird es schwierig. Dann muss ich mir Mut zusprechen, nicht umzukehren.
Wenn ich erst einmal oben am Ende der Straße bin, werde ich nicht mehr umdrehen. Die Ampel dort braucht immer besonders lange, bis sie auf Grün schaltet. Der Ärger darüber, dass Fußgängerampeln so getaktet sind, lenkt mich etwas ab von dem nagenden Angstgefühl.
Und dann rase ich los, das letzte Stück über den riesigen Parkplatz, um die Ecke.
Sobald das Freibad in Sicht ist, entspanne ich mich. Ich hab's geschafft!
Circa fünf bis zehn Minuten sind es von meiner Wohnung bis zum Freibad. Zehn Minuten Alarm in mir und Vollstress. Manchmal geht's auch leichter, das sind die guten Tage.

Mit Schwimmen in den Tag starten – ein großes Geschenk.
Im Freibad draußen unter freiem Himmel. Kühle Morgenluft auf der Haut. Das erste Abkühlen unter der kalten Dusche, wunderbar. Lebendigkeit pur.
Und dann das erste Eintauchen ins Wasser. Im Naturbecken schimmert das Wasser grün. Unter Wasser eine Welt der Stille, aus bewegten Schatten und Farben. Beim Auftauchen dem Licht entgegen, kurz vor dem Durchbrechen der Wasseroberfläche, perlendes Glitzern.
Die ersten Sonnenstrahlen des Tages empfangen mich und werfen Lichtspiele aufs Wasser. Der Himmel über mir weit. Vögel kreisen und kreischen im Blau. Auch im Grün der Bäume und Büsche tanzt das Sonnenlicht. Ich fühle mich lebendig und getragen. Dies ist eine Zeit nur für mich, verbunden mit allem.

Ja, ich lebe
zwischen Himmel und Hölle
Spuren aus zersplittertem Glas hinterlassend
es ging zu Bruch ohne mein Zutun
und ich habe auch nichts geworfen
außer alles, was ich an Mut aufbringen kann, in die
Waagschale
die Schale ist golden und hebt sich zu beiden Seiten
magisch eben, ein Geheimnis
so wie das Leben

Anders

Vermeintlich allgemeingültige Aussagen über Lebensabschnitte, auf mich treffen sie nicht zu. Ich lebte mein Leben nicht in »wachsenden Ringen«, wie es so schön heißt. Nie hatte ich das Gefühl, die Welt stünde mir offen. Ich kenne keine Unbeschwertheit als Jugendliche. Möglichkeiten eröffneten sich mir erst spät im Leben und sind auch immer noch eingeschränkt. Wenn ich von der Selbstverständlichkeit lese, mit der andere sich durch die Welt bewegen, Natur genießen, sogar alleine, fühle ich großen Schmerz. Neid und Scham durchfluten mich dann.
So frei möchte ich auch sein, mich so sicher fühlen.
Manchmal fällt es mir schwer, die Freude zu teilen, die Begeisterung bei Urlaubs- und Reiseberichten, in denen das mir so gar nicht Selbstverständliche oft vorausgesetzt wird: »Da war kein Mensch, Natur pur, Ruhe, Frieden, so toll, ganz allein auf weiter Flur.«
Mein Leben verlief nicht in klassischen Phasen wie Auszug, Ausbildung, Beruf. Und auch nicht in altersgerechten Erfahrungen und Gefühlslagen. Heute fühle ich mich freier, beweglicher als je zuvor. Und was noch viel wichtiger ist: Lebenslust und Freude kamen, wenn auch spät, zu mir.
Aber immer hatte ich das Gefühl und habe es noch, dass die Jahre mich überholen. Es beängstigt mich, dass zeitgleich mit erweiterter psychischer Beweglichkeit mein Körper abbaut. Arthrose plagt mich. Werde ich, wenn ich jemals psychisch dazu

in der Lage sein werde, alleine spazieren zu gehen, es physisch nicht mehr können?
Stets fühle ich mich übersehen, fremd, anders, wenn gesagt wird: »In der Jugend ist das so und so, und mit dreißig, vierzig ist dieses und jenes so, und mit dem Älterwerden dann so.« Oder: »Und haben wir nicht damals alle, und waren wir nicht und das kennt doch jede …?«
Und dann die Freundinnen mit ihren Familien drum herum, ihren Beziehungen zu den Eltern. Das alles gibt es bei mir nicht. Früher konnte ich von Eltern meiner Freundinnen nichts annehmen, nichts essen. Zu tief saß die Angst, das Essen könnte vergiftet sein. Meine Mutter, die immer wieder drohte: »Ich werde uns alle noch vergiften!« Tagelang konnte ich dann manchmal nichts essen.
Misstrauen gegenüber Familie überhaupt saß sehr tief bei mir. Ich musste immer denken: Wie sind sie wirklich, was haben sie getan? Nicht mehr alle Eltern unter Generalverdacht zu stellen, ihre Kinder schlecht behandelt zu haben, das hat lange gedauert bei mir.
Zum Glück hat sich das grundlegend gewandelt.
Heute kann ich es genießen, in fremden Familien zu Gast zu sein. Teilzuhaben. Allerdings ist es mit der jeweiligen Trennung von meiner Partnerin dann auch wieder vorbeigewesen. Es sind eben nicht meine Familien. Zweimal habe ich das schon erlebt: Abschied nicht nur von der Freundin, sondern auch von dem Umfeld, zu dem ich ein Stück Verbindung aufgenommen hatte.

Biografische Kurzfassung

mit sechzehn fing ich an zu fühlen
mit Mitte zwanzig mich zu bewegen
im Alter zwischen zwei und sechzehn Jahren
habe ich ums Überleben gekämpft
früh gejobbt, mich durchgeschlagen mit Sozialhilfe
im Alter zwischen vierundzwanzig und
sechsunddreißig Jahren
habe ich mich mit entsetzlichen Erinnerungen und Zuständen
auseinandergesetzt
und ums Überleben gekämpft
ungefähr vier Jahre war ich angstfrei
zwischen siebzehn und einundzwanzig
ich kenne es nicht, dieses Gefühl, unbelastet zu sein,
frei von Angst
ich weiß nicht, wie leichtes Leben geht
ich wusste nicht, dass ich ein Recht darauf habe,
angstfrei, glücklich und unversehrt zu sein
ich wusste nicht, dass ich in Ordnung bin

Wie kann eine Geschichte erzählt werden?

Wie erzählt man – und erst recht frau – eine Geschichte, die so typisch, so alltäglich und doch die eigene ist?
Ein Kind, eine Heranwachsende, eine junge Frau, eine Erwachsene.
Es beginnt mit einem Kinderwagen, der im Garten unter einem Baum steht, mit einem Baby darin, die Fäuste im Mund, den wachen Blick in das bewegte, raschelnde Grün der Bäume über ihm gerichtet; funkelndes Sonnenlicht, das wie tausend Sterne durch Geäst und Blattwerk, vom Himmel strömend, direkt in zartes Seelengeflecht fällt. Eine Kinderseele, einzigartig, neu und feinfühlig, die beglückt durch solcher Art Sinneseindrücke der Fantasie vorausfliegt, für alle Möglichkeiten offen – und all dieser so grausam beraubt.
Das Gehirn ist noch im Wachstum, prägt sich in den ersten Lebensjahren.
Muster und Bahnen entstehen. Wie sehen sie aus, wenn die Welt sich diesem Kind als eine von Schmerz und Angst dominierte Erfahrungswelt zeigt, zwischen der Gewalt eines brutalen Großvaters und einer brutalen Mutter?
Da ist das Kind, das sich in der Ecke versteckt. Da ist die Kindergärtnerin, die schimpft: »So böse, nun komm schon! Dein Opa holt dich ab.«
Die gute Nachricht: Das Gehirn ist plastisch und kann sich umbauen bis ins hohe Alter.

Eine stets aktive Amygdala gilt es zu beruhigen, zu verkleinern, die Erinnerungen im richtigen Gehirnteil abzulegen, das Beruhigungszentrum zum Vergrößern zu bewegen. Eingeübte Bahnen zu verändern, fällt schwer.
Wie kann ich so vieles mit Verstand erfassen und dennoch so hilflos sein und es nicht überwinden?

Es gab keine Sicherheit, nirgends und niemals.
Sommers nicht, und auch nicht im Winter.
Im Haus ebenso wenig wie draußen.
Nachts nicht, tagsüber nicht.
Auf den Wegen vom Kindergarten nach Hause nicht,
auf den Wegen mit dem Großvater.
Vor allem nicht zur stillen Zeit in der Mittagsruhe, wenn alle Geschäfte geschlossen sind, die Häuser ringsherum still, schweigend.
Noch stiller die Gebüsche, die Sportplätze, am Rand und hinter dem Ort,
die Wege, die niemand geht an Tagen, an Arbeitstagen.
Der Sand am Boden, der Schotter sommerwarm, die Luft flirrt, Bäume und Büsche rauschen und stehen dann still, Vögel verstummen, die Zeit dehnt sich und aller Raum stürzt ins All.
Die Morgen nach den Nächten. Die Abende vor der Nacht. Der Mittag, mitten am Tag, der Nachmittag nach den Mittagen. Der Tag gestern und der Tag morgen, manchmal eine Pause – und heute?
Kein Begriff von Zeit und Raum.
Wie oft ist dreimal die Woche? Oder auch häufiger oder weniger?
Spielt das eine Rolle?
Gleichbleibend dieses Lebensgefühl, verloren zu sein,
das Verhältnis zur Welt eingefroren.
Im Körper gefangen, Gefahr gespeichert, Bewegung riskant.
Nachts glüht der Himmel rot, Abstich im Stahlwerk.

Damit bin ich groß geworden.

Durch die Felder

Als Kind bin ich stundenlang durch die Felder gelaufen. Habe mir erträumt, groß zu sein, erwachsen. Den knallroten Klatschmohn und den blauen Rittersporn bewundert. Das waren mir die liebsten Feldblumen, schon wegen ihrer Farben. Habe die reifen Ähren durch meine Finger gleiten lassen.

Später mit meiner Freundin, meiner ersten richtigen Freundin, haben wir, mit den Fahrrädern auf dem Weg zum Freibad, immer die Maiskolben aus den Feldern stibitzt und geknabbert. Aber da war ich schon elf.

Lange davor, als ich noch viel jünger bin, gehe ich alleine und einsam meine Wege durch die Felder. Ich komme hierher, um zu fliehen, für einige Stunden allem zu entfliehen, nicht erreichbar zu sein. Ein bisschen unheimlich ist es auch. Und manchmal denke ich, wenn ich mich verirre und nicht mehr weiterweiß, lege ich mich auf die Erde und sterbe. Die Vorstellung, dass mich dann vielleicht niemals jemand finden wird, erschreckt mich zutiefst. Und so laufe ich dann doch weiter.
Meistens aber laufe gar nicht ich dort, sondern eine Person in einer Geschichte. Ein junger Indianer mit geheimem Namen auf der Suche nach seinem Stamm. Sein Pferd ist ihm durchgegangen. Es hatte sich vor einer Eidechse erschreckt. Hier draußen in der Prärie passiert sowas. Sonst hätte sein Pferd ihn

nie verlassen. Das wusste er. Und er wusste auch, dass es zu den Zelten seines Stammes laufen würde, um die anderen zu holen. Sie würden kommen und ihn nach Hause bringen.
Sein Pferd war pechschwarz mit einer weißen Blesse an der Stirn. Niemals würde er jemandem den Namen des Pferdes verraten. Der war genauso geheim wie sein eigener. Ja, auf sein geliebtes Pferd und auf seine Leute konnte er sich verlassen. Abends würde er am Feuer sitzen vor dem Wigwam mit den anderen im Kreis und sie wären fröhlich, würden Lieder singen und Geschichten erzählen. Die Nacht wäre friedlich, der Mond hell und voll am Himmel. Und die laue Nachtluft würde seine Haut liebkosen.

So sehr lebte ich in meinen Geschichten, dass ich manchmal alles um mich herum vergaß, nicht mehr wahrnahm und kaum zurückfand. Ich wollte gar nicht zurück. Könnte ich doch nur in meinen kreierten Welten bleiben.

In meinen Geschichten war ich meistens ein Junge. Auch in der Wirklichkeit wäre ich lieber ein Junge gewesen. Sie hatten ein leichteres Leben, ihnen ging es besser, so schien es mir. Mehr beachtet, mutiger, stärker. Und wenn ich erst ein Mann wäre, würde mir die ganze Welt gehören, dann gäbe es keine Hindernisse mehr. So meine Vorstellung.

Herkunft

Aufgewachsen bin ich in im Ruhrgebiet in einem Vorort im Süden von Duisburg. Er liegt schon mehr in Richtung Düsseldorf.
Die Siedlung, in der wir wohnten, wurde in den fünfziger Jahren für die Arbeiter der nahegelegenen Stahlwerke Mannesmann und Thyssen und deren Familien gebaut. Der nächste Ort heißt Hüttenheim. Das sagt schon alles.
Am Ort gab es einen Lebensmittelladen, eine Kneipe, eine Bäckerei, einen Fleischer und eine Pommesbude, diverse Trinkhallen und mehrere Kirchen. Die Trennlinie verlief zwischen katholisch und evangelisch.

Die Grundschule war auch am Ort. Der Weg dorthin führte die Straße hinunter bis zur Ecke, an der die große Straße Richtung Stadt lag. Dort fuhr auch der Bus entlang. Die kam mir aus Kindersicht wie eine gefährliche Schnellstraße vor, die nicht so einfach zu überqueren war.
Dahinter lockte der Angerbach. Ein Anziehungspunkt. Im flachen Wasser nach Kaulquappen zu suchen und an dem kleinen Wasserfall zu spielen, dafür lohnte es sich schon mal, allen Mut zusammenzunehmen und über die Straße zu rennen, und anschließend die Böschung hoch.
Für diejenigen, die weniger mutig waren, gab es noch die Möglichkeit, bis zur Fußgängerampel zu gehen, auf Grün zu warten und dann die Straße zu überqueren.

Auf der gegenüberliegenden Uferseite fiel der Weg wieder ab zu einer weiten unbebauten Fläche aus Wiesen. In der Ferne waren die ersten Häuser von Huckingen, dem nächsten Ort, zu sehen. Am anderen Ende des Ortes, entgegengesetzt zu unserer Hausreihe, begannen Felder, die sich weit erstreckten, bis hin zum einzigen noch alten, richtigen Dorf der Gegend. Auf dem Weg dorthin ging es durch ein kleines Waldstück. Dieses Dorf war eine andere Welt und wir begaben uns nur selten dorthin. Bauern lebten dort auf ihren Höfen. Doch zwei Anlässe gab es im Jahr, an denen sich fast alle Leute aus unserer Siedlung dorthin bewegten, beide Male, um es richtig krachen zu lassen: zu Karneval und wenn im Dorf Schützenfest war.

Schwer zu sagen, bei welchem Fest mehr getrunken wurde. Der Unterschied war vor allem, dass zum Schützenfest mit dem Auto oder dem Bus ins Dorf gefahren wurde, im Festzelt startete dann die Sauferei. An Karneval war das ganz anders. Da zogen alle zu Fuß los und Schnaps und Bier gingen schon auf dem Fußmarsch von einer guten Stunde herum. Viele kamen gar nicht erst bis ans Ziel. Sie wankten auf halbem Weg zurück nach Hause oder schliefen, im Gras liegend, ihren Rausch aus.

In unserem Vorort gab es eine Hierarchie unter den Familien, deren Männer Arbeiter, und jenen, deren Männer Angestellte im Stahlwerk waren. Zu letzteren gehörte mein Vater. Ursprünglich hatte er Priester werden wollen, hatte Theologie studiert. Der Krieg und die Nazizeit veränderten dann wohl alles für ihn.

Nach dem Krieg schlug er die kaufmännische Laufbahn ein und arbeitete bis zu seinem Tod bei Mannesmann im Büro. Insofern

war er bessergestellt als die meisten Väter in meinem Umfeld, die als Arbeiter im Stahlwerk arbeiteten.
Die Arbeiter hatten ihren ganz eigenen Stolz und waren der Meinung, Büroarbeit ist keine richtige Arbeit. Was zählte war harte körperliche Arbeit. Die Angestellten wiederum fühlten sich, aufgrund der in der Regel besseren Bildung, überlegen.
Der Unterschied zeigte sich weniger in den Wohnformen. Ein Stahlarbeiter verdiente gut, der Ort bestand überwiegend aus Reihenhäusern mit Gärten und einigen Mietshäusern.
Meine Mutter arbeitete, wie die meisten Frauen in dieser Zeit, im Haushalt und in der Kindererziehung. Sie hatte keine Ausbildung und war als junge Frau bis zu ihrer Heirat im Lebensmittelladen ihrer Eltern tätig gewesen.

Ich bin das jüngste ihrer vier Kinder. Sie hat mich erst spät mit neununddreißig Jahren bekommen. Immer wieder betonte sie, wie schwer sie es mit mir schon während der Schwangerschaft hatte und dass mein Vater es war, der sich auf ein weiteres Kind, einen Nachkömmling, freute.
Ihr erstes Kind war gestorben; die Umstände blieben für mich geheimnisvoll. Ich weiß nur davon, weil wir auf dem Friedhof regelmäßig das Grab meiner ältesten Schwester besuchten.
Meine beiden anderen Geschwister sind wesentlich älter als ich, meine Schwester zehn Jahre, mein Bruder dreizehn Jahre. Zwischen uns lagen Welten. Während ich heranwuchs, waren sie schon mit ihrer Ausbildung beschäftigt. Und als mein Bruder zum Studium der Betriebswirtschaft an den Bodensee zog – im

selben Jahr, in dem unser Vater starb –, war ich gerade sieben Jahre alt. Meine Schwester machte eine Ausbildung zur Verkäuferin in einem großen Bettengeschäft in der Stadt. Unser Verhältnis war nie gut. Sie begegnete mir eher als zweite Erziehungsberechtigte denn als Schwester. Oft verbündete sie sich mit meiner Mutter und kontrollierte und reglementierte mich ebenfalls. Meinen Bruder mochte ich gern in seiner stillen, freundlichen Art. Ich bewunderte ihn. Allerdings eher aus der Ferne. Der Altersunterschied war zu groß, als dass wir viel miteinander zu tun gehabt hätten. Wenn ich an ihn denke, sehe ich ihn zusammen mit seinen Freunden. Zu gern wollte ich mit, wenn sie zu ihren Unternehmungen loszogen. Ich bettelte ihn an, mich ins Freibad mitzunehmen, mit mir ins Schwimmbecken zu gehen. Aber natürlich hatte er keine Lust, seine kleine Schwester dabeizuhaben.
So war er häufig ein Quell der Enttäuschung für mich. Dennoch himmelte ich ihn weiter an. Momente mit ihm zu zweit waren selten. Einmal war er ein Wochenende mit mir allein. Er sollte wohl auf mich aufpassen. Er holte uns große Portionen Pommes und entgegen jeder Regel rissen wir die Packung gleich in der Küche auf und aßen im Stehen. Ich fand es großartig. Und so cool von ihm.

Auch wir bewohnten ein Reihenhaus mit Garten. Das Haus war klein und wir lebten auf engem Raum.
Mein Großvater hatte sein eigenes Zimmer. Und meine Schwester ebenfalls, ein sehr kleines, aber eigenes. Mein Bruder schlief im Esszimmer im Klappbett. Und ich zum Teil bei meinen Eltern im

Schlafzimmer in einem zusätzlichen Kinderbett, manchmal bei meiner Schwester und häufig bei meinem Großvater.
Wir waren eine der ersten Familien, die einen Fernseher hatten. Es wurde viel ferngesehen bei uns. Ich wundere mich heute, was ich alles schauen durfte. Von Samstagabendshows über Edgar Wallace bis hin zu Tatort. Was mir gar nicht guttat, da mich Krimis, speziell Tatort, sehr ängstigten.
Die Reihenhaussiedlung bestand aus mehreren Reihen von jeweils sechs Häusern mit Garten. Hinter den Gärten ging ein Weg lang, der gleichzeitig Gartenweg und Vorderweg der nächsten Häuserreihe war. Da unser Haus in der ersten Reihe lag, hatten wir außerdem auch noch eine Wiese direkt vor dem Haus mit Büschen und Bäumen. Die Gärten waren sehr schmal und die Fläche der Wiese eher klein und von zwei Straßen begrenzt. Doch als Kind erschien mir das alles riesig. Der Weg über die Wiese bis zur Straße weit. Da begann sozusagen der Ort für mich. Denn gegenüber lag die Bushaltestelle, und wenn ich links abbog und der Straße weiter folgte, kamen die wenigen Geschäfte. Den Garten erlebte ich als ein kleines Wunder mit all den Pflanzen, schön links und rechts in Reihe. Dazwischen lag der Rasen.
In allen Häusern wohnten klassische Kleinfamilien. An irgendeine andere Wohn- und Lebenskonstellation kann ich mich nicht erinnern. Entweder gab es sie tatsächlich nicht oder sie hat keinen bleibenden Eindruck bei mir hinterlassen.
Mit der Nachbarin zur Linken ging eine massive Veränderung vor. Zunächst schleichend, dann immer rapider. Es fing damit an, dass sie mit dem Kopf wackelte, dann sprach sie immer

unverständlicher. Und schließlich versagten ihr die Beine. Anfangs konnte sie schlecht gehen, dann immer langsamer und nur noch kurze Wege und am Ende saß sie im Rollstuhl. »Sie hat MS«, wurde gemunkelt, »eine furchtbare Krankheit. Alle Muskeln schwinden.« Ich hatte den Eindruck, die ganze Person verschwindet. MS sagte mir gar nichts. Irgendetwas ganz Unverständliches ging hier vor. Ich konnte nicht begreifen, wie eine zuvor freundliche und lustige Person so mutieren konnte. Mir war das sehr unheimlich. Und so, wie hinter vorgehaltener Hand darüber getuschelt wurde, dachte ich, die Frau sei selbst schuld, sie müsse irgendetwas Schlimmes gemacht haben. Und am besten wäre es, sie zu meiden, so wie die Erwachsenen es tun. Ihr gutaussehender Ehemann und die kleine Tochter wurden bedauert, mit solchem Schicksal geschlagen zu sein.

Es waren die Frauen, die tagsüber da waren, die Männer gingen zur Arbeit.

Die Nachbarin zur Rechten war »manisch-depressiv«. Allerdings sagte mir das als Kind auch nichts. Ich erlebte nur, dass es Phasen gab, in denen sie sprühte vor Energie und geradezu überdreht wirkte. An solchen Tagen gab es meist große Aufregung. Denn in der Regel verschwand sie mit dem Auto. Ihr Mann kam dann mitten am Tag von der Arbeit zurück, klingelte bei allen Nachbarn, um in Erfahrung zu bringen, ob irgendwer wusste, wo seine Frau hin war.

Niemand konnte ihm helfen. Stunden später tauchte sie dann wieder auf, wusste aber nicht, wo sie gewesen war und was sie getan hatte.

Ich mochte sie, weil sie so mitteilsam war und viel lachte.
Sie kam häufig morgens zu uns rüber. Meine Mutter holte dann den Cognac aus dem Schrank im Wohnzimmer und die beiden tauschten den neuesten Klatsch aus, prosteten sich zu und füllten die Gläser erneut.
Ganz am Ende unserer aus sechs Häusern bestehenden Reihe lebte eine Familie, mit der niemand etwas zu tun haben sollte. Alles, was diese Familie betraf, war sehr mysteriös. Die Frau spann selbst Wolle auf einem Webstuhl im Wohnzimmer. Alle konnten das durchs Fenster sehen, denn richtige Gardinen hatten sie nicht. »Das muss man sich mal vorstellen!« Es wusste auch keiner, wo deren Söhne studierten. Und wo die erwachsene Tochter lebte. Sie erzählten nichts.
Aber das Anrüchigste war eine rote Lampe über der Haustür. »Sowas hat kein anständiger Mensch. Wer weiß, was da vorgeht.« Auf mich hatte diese Lampe eine magische Anziehungskraft und ich hätte gern mal geklingelt. Hätte gern die Geheimnisse hinter der Lampe entdeckt. Dass diese Leute irgendwie anders waren, machte mich neugierig. Wie anders, hätte ich gerne gewusst.
Es wurde scharf beobachtet und noch schärfer geurteilt in diesem Milieu.

Ausflüge in die Stadt waren selten. Meistens wenn es Kleidung zu kaufen galt. Mit Bus und Bahn dauerte der Weg in die Stadt eine Stunde. Ich hasste diese Einkaufstouren. Dieses stundenlange, schweißtreibende Anprobieren von Sachen, die mir meist nicht gefielen, meine Mutter aber entschied zu kaufen.

Höhepunkt war immer am Schluss ein Essen im Kaufhausrestaurant. Das fand ich toll. Es war ein Ausgleich und ließ mich den Einkaufsstress zuvor durchhalten. Es war auch etwas ganz Besonderes, denn zum Essengehen hatten wir kein Geld.

Es war immer alles knapp. Und als mein Vater dann gestorben war, wurde die finanzielle Situation noch angespannter. Meine Mutter hatte ja nie steuerpflichtig gearbeitet und die Rente meines Vaters war niedrig, da er so früh gestorben war.

Ein prägendes Bild meiner Kindheit ist das meiner Mutter am Tisch in ihrem 70er-Jahre-Hausfrauenkittel. An diesen Kitteln machte sich die Mode und das Geschick der Hausfrauen fest. Es galt, möglichst billig ein hübsch gemustertes, farbiges Modell zu erstehen. Der Lieblingskittel meiner Mutter war lila mit rosa Blüten darauf und kleinen schwarzen Punkten.

Ich sehe sie immer noch vor mir: Sie sitzt vornübergebeugt, vor sich Rechnungen und Kassenzettel auf der Tischplatte mit der praktischen Wachstuchdecke für den Alltag. Den Stift in der Hand murmelt sie vor sich hin, rechnet und schreibt Reihen von Zahlen in ein Heft. Sie streicht durch, rechnet erneut, murmelt, schimpft und korrigiert ihre Zahlenkolonnen. Meist fehlt was am Ende, die Rechnung geht nicht auf und sie zermartert sich, weil sie auf keinen grünen Zweig kommt. Sie wirkt angestrengt und manchmal auch ein wenig verzweifelt.

Ich fühle mich bei diesem Anblick hilflos und bin ganz erleichtert, wenn sie endlich das Heft zuklappt und Stift, Heft und Zettel wegräumt.

Von meinem Vater weiß ich nicht viel. Er starb früh, mit zweiundfünfzig Jahren. Meine Erinnerungen sind spärlich.
Er hatte durch eine Verletzung im Krieg eine steife Hand davongetragen und häufig Herzanfälle, für die nie eine organische Ursache festgestellt werden konnte. Es war immer eine große Aufregung, wenn er plötzlich blau anlief, keine Luft mehr bekam und meine Mutter den Notarzt rief. Der gab ihm dann eine Spritze und mein Vater erholte sich.
Obwohl es keinen medizinischen Grund dafür gab, wurden sämtliche Beschwerden, die er hatte, auf sein Herz geschoben. Seine Krebserkrankung wurde viel zu spät erkannt.
Bei seinen Kollegen war er nicht gut angesehen, denn er war oft krank und auch regelmäßig zur Kur. Darüber klagte er häufig beim Abendessen. Auf mich wirkte er dann traurig und hilflos.
Er war der ruhigere Part der beiden Eheleute. Als er einmal von der Arbeit nach Hause kam, fand er mich, beschämt und ängstlich unter dem Hagel von Vorwürfen und Beschimpfungen meiner Mutter, am Schrank stehend in unserem Esszimmer vor. Sie beklagte sich bitter und lauthals über mich aus der angrenzenden Küche heraus. Er wandte sich ihr zu und sagte: »Aber, Christa, sie ist doch noch ein Kind.«
Seine Rolle in dem häuslichen Drama ist mir unklar. Einerseits hat er mich weder vor der Gewalt meiner Mutter geschützt noch vor meinem Großvater. Andererseits sind die wenigen Erinnerungen, die ich an ihn habe, positiv. Er war derjenige, der mir Geschichten erzählte.
Während einer Busfahrt im Urlaub in Österreich erzählte er

mir die Siegfried-Sage. Immer wieder wollte ich sie hören und geduldig erzählte er sie mehrmals. Die Geschichte faszinierte mich. Jedes Mal hielt ich die Luft an, wenn es zu der Stelle kam, an der sich Siegfried über das Wasser beugte und das Blatt auf eine Stelle an seinem Rücken fiel. Die einzige Stelle, an der er später verwundbar war und die es Hagen ermöglichte, ihn zu töten. Warum bemerkte er das Blatt nicht? »Siegfried«, wollte ich ihm zurufen, »pass doch auf, sei doch nicht so dumm.« Geschichten waren für mich als Kind im Moment des Zuhörens lebendige Wirklichkeit, so dass ich die Hoffnung auf einen anderen Ausgang nicht aufgab.

Zu Weihnachten lief bei uns immer eine Schallplatte von Freddy Quinn: »Weihnachten auf hoher See«. An mindestens drei Weihnachten hintereinander wartete ich immer voller Spannung auf die Stelle, an der es hieß: »Und wieder einmal haben wir es nicht rechtzeitig zum Fest nach Hause geschafft. Wir grüßen alle Lieben zu Hause von hoher See.« Jedes Mal hoffte ich, dieses Mal hätten sie es geschafft. Ich kreuzte die Finger hinter meinem Rücken und kniff die Augen zusammen, um das Geschehen magisch zu beeinflussen.

Während meiner schlimmsten Zeit als Erwachsene, als mich die ganzen Erinnerungen an die erlebte Gewalt überrollten, träumte ich eines Nachts von meinem Vater. Im Traum begegnete ich ihm in einer Burg. Er kam eine Treppe herunter, mir entgegen. Er nahm mich in den Arm und sagte: »Doris, du machst alles richtig. Ich bin stolz auf dich.«

Und ich fühlte mich so geborgen, angenommen und glücklich, wie ich es im Wachbewusstsein nicht kannte. Es war, als gäbe er mir seinen Segen und alles wäre gut. Dieser Traum hat mich nie wirklich losgelassen. Er unterschied sich in der Essenz von allen Träumen, die ich kenne. Eine andere Art von Qualität.
Ich bin mir bis heute nicht sicher, ob es tatsächlich der Geist meines Vaters war, der mir begegnete.

Familiengeschichte

Wir hatten eine weit verzweigte Verwandtschaft. Meine Mutter stammt mütterlicherseits aus Süddeutschland und ein Teil der Familie lebt dort. In der Regel fuhren wir zu Beerdigungen dorthin, wenn wieder ein entfernter Onkel oder eine entfernte Tante, Cousine oder ein anderer Verwandter gestorben war.
Für mich waren das alles Fremde, ich kannte sie nicht. Die Atmosphäre in dem kleinen Dorf empfand ich als bedrückend und eng. Die Leute waren stockkonservativ und sprachen nicht viel.
Der große Duisburger Teil der Familie war aus eher unterschiedlichen Charakteren zusammengesetzt.
Hier lebten wir und die beiden Schwestern meiner Mutter.
Stets wurde betont, dass die älteste Schwester Berta nur ihre Halbschwester sei. Sie stammte aus der ersten Ehe meines

Großvaters. Mit ihrer zweitältesten Schwester Herta sprach meine Mutter oft schlecht über sie. Mir war nie klar, worum es dabei ging. Die Beziehung wurde nur spärlich und aus Pflichtgefühl gepflegt.

Als mein Großvater starb, kam es zum Eklat. Während meine Mutter und Herta abwechselnd bei meinem Großvater im Krankenhaus waren und ihn beim Sterben begleiteten, weigerte sich Berta konsequent, ihn überhaupt zu besuchen.

Sie wolle ihn nicht sehen, sagte sie, da sie sich vor ihm ekle. Das sagte sie wörtlich. Ich staunte damals sehr, dass sie sich traute, so etwas offen zu sagen.

Heute würde ich gerne mit ihr sprechen. Erfahren, warum sie sich ekelte. Doch leider lebt sie nicht mehr.

Herta hatte sieben Kinder. Sie waren im Alter meiner Geschwister oder älter und hatten schon eigene Familien und Kinder. Der Mann einer Cousine, die ich besonders mochte, wurde vom Rest der Familie geschnitten, seit er als Verkäufer in einem Beate-Uhse-Shop arbeitete. Die Moral war auch hier konservativ katholisch geprägt. Und wer dem nicht entsprach, erfuhr die ganze Strenge und Härte eines von einem strafenden Gott und einer Hölle geprägten Weltbildes und den darauf fußenden Regeln.

Meine Cousine vertrat die Ansicht »besser als arbeitslos« und stand zu ihrem Mann. Dafür bewunderte ich sie. Als ich etwas älter war und in der Stadt zur Schule ging, besuchte ich sie manchmal heimlich. Sie waren immer nett zu mir, tischten mir

Kuchen auf und erzählten mir die Geschichte zu »Das Lied vom Tod«, dem Film, der damals in den Kinos lief. Dazu erklang die Todesmelodie vom Schallplattenspieler in sich steigernder Lautstärke. Und trotz des Grusels und der Aussichtslosigkeit der Geschichte war ich doch vor allem bewegt davon, dass diese beiden so mit dem Mundharmonika spielenden Jungen litten.

An Weihnachten, zu Geburtstagen und Hochzeiten trafen sich dann doch wieder alle. So weit ging der Ausschluss nicht.
Zu den Festen war auch stets ein entfernter Onkel eingeladen, dessen Verwandtschaftsgrad mir nicht klar war. Er reiste viel durch die Welt. Eines Tages kam er von den Philippinen mit einer Ehefrau zurück. Verlegenes Stillschweigen wurde über den »Erwerb« dieser Frau gewahrt. Er hatte sich eine Frau gekauft. Und im Gegensatz zu der Stelle meines Cousins bei Beate Uhse wurde das akzeptiert.
Nur der Frau schlug Ablehnung entgegen. Am unverhohlensten von der ältesten Tante, die eifrigste und strengste Gläubige von allen. Es gab einmal eine Szene, in der die junge Frau offen zeigte, wie unglücklich sie war. Wir saßen bei uns zu Hause im Wohnzimmer und plötzlich brach es aus ihr heraus. Sie weinte heftig und äußerte bruchstückhaft teils in Gesten und teils in einigen Worten Deutsch, dass sie hier nicht leben könne, dass sie nach Hause wolle. So viel jedenfalls habe ich verstanden und auch, dass sie unter meiner Tante litt. Alle saßen wie erstarrt. Und ich war sehr berührt davon, dass inmitten dieser Atmosphäre mein Schwager aufstand, zu der Frau ging und die, für mich als

Kind, einzig verständliche und passende menschliche Reaktion zeigte, indem er die Frau in den Arm nahm und tröstete. Und zum ersten Mal hatte ich eine Vorstellung davon, warum meine Schwester ausgerechnet diesen farblosen, gehemmten, steif wirkenden Mann gewählt hatte.

Von der Familienseite meines Vaters weiß ich leider gar nichts. Über diesen Teil wurde nie gesprochen. Meine beiden Großmütter sind vor meiner Geburt gestorben. Ich habe sie nie kennengelernt. Die Geschichte der vorangegangenen Generationen meiner Eltern liegt für mich im Dunkeln. Nur so viel weiß ich, dass meine Großeltern, die Eltern meiner Mutter, ein Lebensmittelgeschäft in Duisburg hatten. Alles vor meiner Zeit.
Vermutlich stammt mein Großvater aus einer polnischen Einwandererfamilie. Das schließe ich aus seinem Namen.
Im neunzehnten Jahrhundert siedelten sich viele Menschen aus osteuropäischen Staaten im Ruhrgebiet an. Was ihn nach Duisburg brachte und wie er meine aus Süddeutschland stammende Großmutter kennenlernte, weiß ich nicht. Inzwischen gibt es niemanden mehr, den ich nach der Familiengeschichte und den Wurzeln fragen kann.

Zwei Wahrheiten

Meine Wahrheit

Ich bin achtundfünfzig Jahre alt.
Mein Großvater hat mir vom Kleinkindalter an über Jahre brutal sexualisierte Gewalt angetan, mich vergewaltigt und misshandelt. Wann genau das aufhörte, weiß ich nicht; er starb, als ich elf war. Er tat es nachts und tagsüber im Haus, draußen auf leeren Sport- und Spielplätzen, hinter Büschen, auf dem Weg nach Hause, wenn er mich vom Kindergarten abgeholt hatte.
Meine Mutter hat mich misshandelt und geschlagen, bis ich mit siebzehn Jahren von zu Hause weggelaufen bin.
Seit meinem siebzehnten Lebensjahr war ich auf mich selbst gestellt, habe neben der Schule gejobbt und lange Zeiträume von Sozialhilfe gelebt. Mit Anfang zwanzig hatte ich dann einen Zusammenbruch und war viele Jahre nicht arbeitsfähig. Da ich es nicht einmal mehr schaffte, zum Sozialamt zu gehen, fiel ich aus dem Hilfesystem heraus.
Ich habe immer ums Überleben gekämpft, bis zum Alter von sechsunddreißig Jahren.
Meine erste Ausbildung habe ich mit achtunddreißig Jahren begonnen und mein Berufseinstieg ist mir mit zweiundvierzig Jahren gelungen.
Seit zweiunddreißig Jahren bin ich, mit Unterbrechungen, in Therapie.

Meine erste Therapie habe ich mit vierundzwanzig Jahren begonnen. Damals konnte ich mich an die ersten zehn Lebensjahre nicht erinnern. Dann überrollten mich die Erinnerungen.
Ich stürzte in eine Krise, die zehn Jahre dauerte, bis ich aus dem Gröbsten heraus war.
Fünf Jahre davon konnte ich meine Wohnung nicht verlassen und war kaum in der Lage, für mich zu sorgen.
Bis heute leide ich unter Panikattacken und Ängsten außerhalb geschlossener Räume und wenn keine Menschen in der Nähe sind. Vor allem zu Fuß und mit dem Fahrrad. Bin fixiert auf geöffnete Geschäfte als Haltepunkte. Öffentliches Leben gibt mir Sicherheit.
Das bedeutet: Alltagswege sind immer wieder die Hölle, es geht mal besser, mal schlechter. Eine Grundanspannung und die Angst vor der Angst sind immer da.

Achtzig Prozent der Zeit bin ich wie hinter einer Glasscheibe mit meiner Wahrnehmung der Umwelt. In seltenen Momenten ist sie verschwunden und ich sehe klar. Dann staune ich: Ach, so ist die Welt! Ach, so fühlt es sich an ohne Angst zu sein!
Dann verringern sich auch die Entfernungen und Farben werden intensiver.
In öffentlichen Verkehrsmitteln und als Beifahrerin im Auto fühle ich mich sicher. Zugfahren ist für mich ein Genuss, Entspannung, Auszeit. Ich bin gern auf großen Bahnhöfen.
Inzwischen kann ich zu zweit und in Gruppen spazieren gehen, in

der Natur nur bedingt – meint, nur wenn Infrastruktur vorhanden ist, Häuser immer mal wieder in Sichtweite auftauchen.
Meine größte Ressource ist das Schwimmen.
Und Theater spielen. Die Liebe zu Büchern, Sprache. Und Offenheit und Freude im Zusammensein mit Menschen.

Ich führe ein Doppelleben, das der Erwachsenen und das der Dreijährigen.
Die Kleine ist immer dabei und auch die geschlagene Jugendliche.
Meine Mutter hat mir alles verboten, was Freude macht, alles Lebendige. Freunde, Gitarre spielen ...
Ich war sehr kreativ und fantasievoll als Kind, habe immer wieder versucht, mich mitzuteilen und der Situation zu entkommen, flüchtete in meine Fantasie. Rettung war für mich Lesen und Schreiben.
Das ABC lernen eine Offenbarung.
Was mir wichtig war, habe ich heimlich gemacht oder erkämpft, trotz Schlägen und Strafen.
Ich habe überdurchschnittliche Leistungen in der Grundschule erbracht. Aber meine Mutter wollte nicht, dass ich aufs Gymnasium gehe. Meine Grundschullehrerin hat sich für mich eingesetzt, ist extra zu uns nach Hause gekommen.
Ich habe das Abitur gemacht.

Meine Mutter hat mich im dunklen Keller eingesperrt. Das ganze Haus verriegelt, wenn ich weg wollte. Oft bin ich geflohen, auch nachts. Sie hat mich massiv entwertet und mir immer eingeredet,

dass ich sowieso nichts könne und alles falsch mache.
Als Kind wollte ich immer ins Heim. Ich habe alles Mögliche versucht, geklaut, die Nachbarn geärgert, weil ich hoffte, dann käme die Polizei, nähme mich mit und brächte mich in ein Heim.
Doch niemand kam, niemand holte mich da raus.
Es gab keine Rettung.
Das erste Mal weggelaufen bin ich mit vier Jahren.
Doch sie haben mich immer wieder gefunden und nach Hause gebracht.
Als ich mit fünf Jahren wegen einer Mandeloperation im Krankenhaus war, habe ich die Krankenschwester angefleht, mich dazubehalten und nicht mehr nach Hause zu schicken. Ich habe versucht, mich meiner Grundschullehrerin mitzuteilen, mich im Kindergarten versteckt, wenn mein Großvater mich abgeholt hat. Mit elf bin ich wieder abgehauen, mit fünfzehn bin ich zum Jugendamt gegangen zur Beratung, doch die Mitarbeiter haben sich auf die Seite meiner Mutter gestellt.
Noch einmal bin ich mit sechzehn Jahren geflohen. Endgültig dann mit siebzehn.

Und meine andere Wahrheit

Mit siebzehn bin ich mit meiner besten Freundin zusammengezogen, in eine eigene Wohnung. Das gelang mit Unterstützung von deren Eltern. Sie wurde schwanger und ich habe das Kind die ersten drei Lebensjahre mit ihr gemeinsam großgezogen.

Ich war voll mitverantwortlich für Kind und Haushalt, habe gejobbt und gleichzeitig mein Abitur gemacht. Der Zusammenbruch kam erst später, nach meinem ersten Studiensemester.

Während der Schulzeit habe ich viel geschrieben – Gedichte, Kurzgeschichten, ganze Theaterstücke. Früh schon immer gejobbt in den Schulferien, mir meine Gitarre zusammengespart und mir das Spielen selbst beigebracht.
Ich hatte kostenlos beim Bruder meines Deutschlehrers Schauspielunterricht und bewarb mich mit sechzehn Jahren an der Schauspielschule. Alles heimlich, meine Mutter wusste davon nichts. Ich wollte immer Schriftstellerin oder Schauspielerin werden.
Als Jugendliche war ich politisch sehr aktiv. Auf Demos, in Brokdorf, im Frauenwiderstandscamp, beim VVN (Verein Verfolgter des Naziregimes). Erst links, dann feministisch, in der Frauenbewegung. Ich war aktiv bei der Schülerzeitung, Jahrgangssprecherin, wurde von der Schule geworfen, führte einen Prozess gegen sie und gewann. Sie mussten mich wieder aufnehmen und ich konnte noch meine Abiturprüfung ablegen.
Beruflich war ich spät sogar noch erfolgreich. Mit achtunddreißig Jahren habe ich meinen Abschluss als Gas-Wasserinstallateurin gemacht. Die anschließende einjährige Vollzeitweiterbildung zur Energieberaterin und Fachkraft für Solartechnik gab mir die Voraussetzung für den Sprung in den Umwelt- und Klimabereich, wo ich in leitender Funktion tätig war.

Ich habe die Liebe zu den Menschen gefunden, liebe das Leben, lache viel, habe gerne Spaß, Freude beim Spielen, in Gruppen. Viel Tiefgang, Literatur, Buddhismus. Heute habe ich gute Freundinnen und ein weitverzweigtes soziales Netz. Ein reiches Leben.
Im Erwachsenenalter habe ich das Glück gehabt, immer wieder Menschen zu begegnen, die mir geholfen haben. Ganz besonderen Menschen und ganz besonderen Therapeutinnen.

Mein großes Glück, meine Rettung, war mit fünfzehn die Entdeckung der Jugendgruppe im Ort. Von da an änderte sich mein Leben. Ich war nicht mehr einsam. Da bin ich hingegangen gegen jeden Widerstand meiner Mutter, um den Preis von Schlägen und Strafen. Ab da konnte sie mich nicht mehr aufhalten. Diese Zeit hat meine Sicht auf die Welt geprägt.
Die Familie meiner Freundin rettete mich ebenfalls, hieß mich willkommen. Ich durfte bei ihnen sein, auch tage- und wochenlang. Bei ihnen erlebte ich staunend, dass Eltern mit ihren Kindern sprechen und schöne Dinge mit ihnen machen. Und ich war dabei. Sie gaben nicht meiner Mutter recht, und sie halfen mir, von zu Hause wegzugehen. Und dennoch, es war nicht meine Familie, und zunächst musste ich immer wieder zurück nach Hause zu meiner Mutter.

Es fühlte sich an wie gestohlenes Glück. So fühlt sich vieles bis heute an, was ich mir nun selbst gönne, wie gestohlenes Glück.

Die Sehnsucht, frei zu sein

im Traum laufe ich, laufe durch eine Landschaft
frei, neugierig, glücklich, angstfrei
weite Wiesen, weiter Himmel, alles grün, Fülle überall
ich komme an ein gelbes Rapsfeld
durch ein Wäldchen, über eine Lichtung
neugierig schreite ich aus, will sehen, was hinter
der nächsten Biegung kommt
ich bin ganz allein und geborgen, das Gehen beglückt

durch einen Wald gehen
im Sonnenlicht
unter buntbeblätterten lachenden Bäumen im Herbst
mit ihnen mich vertrauensvoll sinken lassen hin zur Erde
am Wasser entlanggehen im Sonnenschein
am Wasser entlanggehen unter schweren Wolken

in Wind und Regen
im Grau wie im Blau

Rund ums Trauma

Die Beschäftigung damit, was ein Trauma eigentlich ist, mir Wissen darüber anzueignen, Fachliteratur dazu zu lesen, war für mich wichtig, um zu verstehen. Geholfen haben mir auch die Erklärungen der Zusammenhänge von Traumatherapeutinnen.
Es ist ein wesentlicher Ansatz in der Traumatherapie, die KlientInnen aufzuklären.
In manchen Erläuterungen erfuhr ich die Bestätigung dessen, was ich in meinen Angstzuständen erlebe. So z. B.: »Die Zeit dehnt sich während einer traumatischen Erfahrung, bei Gewalterfahrungen. Die Wahrnehmung von Entfernungen ändert sich unter Bedrohung.« Endlich hatte ich meine Wahrheit gefunden.
Anderes erschreckte mich, wie: »Es entsteht ein Trauma-Netzwerk im Gehirn, das das Leben bestimmt. Und bei einem Kind, das heranwächst, ist das Gehirn noch in der Entwicklung.«
Die gute Nachricht: »Das Gehirn kann sich ein Leben lang verändern, das wird ›Neuroplastizität‹ genannt.« Das macht mir Mut und lässt mich hoffen.

Was ist ein Trauma?

Ein traumatisches Erlebnis ist ein seelischer Schock, der außerhalb der normalen menschlichen Erfahrung liegt. Die betroffene Person erlebt eine Extremsituation, auf die sie nicht angemessen vorbereitet ist und die ihre Bewältigungskompetenzen überfordert. Ein Trauma ist eine lebensbedrohliche Situation, die ein Mensch mit normalen Mitteln nicht bewältigen kann.

Diese Definition rufe ich mir immer wieder mal ins Gedächtnis. Sie macht mir bewusst, dass mir wirklich was Schlimmes widerfahren ist und meine Reaktionen darauf im Grunde natürlich sind.

Vom Donner gerührt war ich während eines Erste-Hilfe-Kurses, als der Referent beschrieb, was bei einem Schock im Körper passiert. Denn einiges davon kenne ich gut.

Bei Stress weiten sich die Gefäße, die Folge:

Schock
Einbruch des Kreislaufs
Verringerung der Wahrnehmung
Sehen der Umwelt eingeschränkt
Schweiß, kalte Haut
Übelkeit, Erbrechen

Ich kann auch einiges bei mir besser einordnen, seit ich weiß, dass ewige Unruhe und Zerrissenheit aus chronischer Übererregung resultieren, die eine klassische Traumafolgestörung ist und als Hyperarousal bezeichnet wird.

Etwas darüber zu wissen, was im Gehirn geschieht, gibt mir Orientierung. Auch im Hinblick auf das Konzept der EMDR-Methode und meine Erfahrungen damit.

EMDR (Eye Movement Desensitization and Reprocessing)
EMDR ist eine Psychotherapieform zur Behandlung von Traumafolgestörungen, eine Desensibilisierung und Aufarbeitung durch bestimmte Augenbewegungen oder Klopftechniken.

Das Gehirn prozessiert

Ziel ist es, Verknüpfungen wiederherzustellen, so dass sich die Erinnerungen im richtigen Teil des Gehirns, im Hypocampus, ablegen, sprachlich fassbar, eingeordnet in Zeit und Raum. Als Wissen: »Es ist vorbei.«
Trauma ist hier und jetzt; Integration: dort und damals.
Als ich diese These das erste Mal hörte, leuchtete sie mir sofort ein. Sie entspricht meinen Erfahrungen, genau wie das Spezifische an Trauma und an Traumafolgestörungen: dass der Neokortex, der Teil des Gehirns, der unser Bewusstsein und die Sprech- und Denkfähigkeit beherbergt, aussetzt, z. B. bei einer Panikattacke. Immer wieder muss ich mir klarmachen, dass es darum geht, die verletzten Anteile zu versorgen, innere Sicherheit zu schaffen. Dazu braucht es zwar die Erwachsene, aber die Lösung liegt nicht allein im Verstand. Es müssen auch andere Ebenen angesprochen und wirksam sein. Summen, singen, rechte und linke Seiten von Körperteilen klopfen, positive innere Bilder, die Sicherheit vermitteln, imaginieren, eine kindgerechte Ansprache des inneren Kindes, sich über den Körper erden und in die Gegenwart holen. Das sind nur einige Beispiele dafür.

Nach einer EMDR-Sitzung

nicht nur das Gehirn prozessiert
auch der Körper ist in Aufruhr, verarbeitet
frieren und schwitzen wechseln sich ab
ständiger Toilettengang
alles wird durchgespült
Körpersensationen
trinken, trinken und schlafen
das ist das restliche Tagesprogramm
das Gehirn und jede Körperzelle müssen umlernen
von Gefahr auf Neugier und Mut
niemand hat dem Kind je gesagt, dass es vorbei ist
ich muss es ihm sagen

Was das Trauma mit mir macht

es wirkt sich aus in Beziehungen
es wirkt sich aus im Alltag
in meiner Gesundheit
materiell
ich versuche eine Orientierung zu finden
irgendwie mich zu halten
alles zu halten
nicht aufzugeben
Balance zu finden
jahrelange Schlafstörungen rauben mir Kraft
zutiefst erschöpft
erst im Schlaf gestört – dann ein Leben lang Schlafstörungen
erst Todesangst – dann ein Leben lang Angststörung
Angst als Lebensgefühl
ich kenne das kaum, wie es ist, ohne Angst zu sein
die Angst ist immer dabei
das Gefühl, verloren zu sein
ins Weltall geschleudert
ohne Halt und Wiederkehr
und jede Menge Taxikosten
blitzartige Erkenntnis
ich kann nichts dafür
kurze Überraschungsmomente
ach, so ist das, ohne Angst zu sein

ach, so ist die Welt
so ist es, sich darin zu bewegen, ohne Angst
die schmerzvolle Erkenntnis
ich könnte seit vierzig Jahren gehen, wohin ich will
wie soll ich das verkraften
wie kann ich mir gut sein
meinen Weg gehen
sanft und leicht
mühelos und liebevoll
ganz ohne Scham

es hört nicht auf
das Handeln müssen
um zu heilen
um stabil zu bleiben
um Alltag zu leben
um da zu sein
immer bleibt noch was zu tun

nichts scheint ohne Preis
die Freude nicht und die Liebe nicht
das Dasein nicht
und das Lebendigsein nicht
der Erfolg nicht
und das Versagen nicht
die Schwäche und das Aufstehen
das Einlassen und das Abgrenzen

Müde

Müdigkeit bis in die Knochen,
bis in jede Zelle,
sie macht mich anfällig und reizbar,
diese tiefe Erschöpfung.
Was lässt mich immer wieder morgens aufstehen und losgehen?
Lust auf Leben!

Kampfmodus

zu etwas kommen, nur heimlich und mit Lügen
später offener Kampf
immer gegen Widerstand anrennend
hilflos und dennoch mit Erfolg
einfach sein gibt es nicht, so sein schon gar nicht
alles daransetzen, erst zu überleben, dann zu leben
und dann täglich aufs Neue das Leben leben

Spiralen

wiederholte Abstürze
die Krisen wiederholen sich und sind zum Glück ganz anders
alles spiralförmig, das ist meine Lebenserfahrung
viel Zeit und Kraft gelassen, um am Leben teilzunehmen
mich versorgen zu können
früher habe ich geglaubt, das nie zu können
es gab Zeiten, in denen ich
überhaupt nicht alleine sein konnte
heute genieße ich es, alleine zu sein, brauche es

Anders und reich

Schon immer fühlte ich mich anders als die anderen, glaubte, dass mit mir was nicht stimmt, dass ich irgendwie verkehrt bin. Diffus beladen, unfähig, wusste nicht, wie ich mein Leben gestalten kann, wie ich arbeiten sollte, wie ich mich versorgen könnte.

Da war immer eine Schwere in mir und am liebsten wollte ich nur schlafen, schlafen.

Gestohlene Kindheit, gestohlene Jugend. Ich kannte das nicht, diese Leichtigkeit. Bis zum Abitur durchgehalten. Und als junge Erwachsene? Tief abgestürzt in eine lange, existenzielle Krise.

Die wiederkehrende Erinnerung raubte mir den Boden, den ich nie hatte.

Zehn Jahre, die mir keiner zurückgeben kann. Jahre, in denen andere ihre Ausbildung gemacht haben, erste Jobs hatten.

Mit Anfang vierzig das erste richtige, steuerpflichtige Gehalt. Jahre verloren, in denen andere verdient und gespart haben.

Heute staune ich noch manchmal, dass ich ihn wirklich geschafft habe, diesen Sprung ins Arbeitsleben. Angefangen mit ersten Schritten mit siebenunddreißig Jahren. Erst Kurse, Projekte.

Umschulung zur Gas-Wasserinstallateurin, während der ich mich oft fragte:

»Was mache ich hier eigentlich? Mit fiesen Typen in fiesen Kellern?«

Doch das Ziel, einen Berufsabschluss, festhaltend und schließlich auch erreicht.

Und dann nix wie weg vom Bau. Auch das gelang: weitere Ausbildung, Fortbildungen, Branchenwechsel.
Wie ich heute dastehe: mit gutem Job, einer schönen Wohnung. Äußerst fähig, meine Angelegenheiten zu regeln. Mit Freundinnen, einem weitverzweigten sozialen Netz, mit Interessen und Gruppen.
Nur die Ängste, die Panik verlassen mich nicht. Und die materiellen Auswirkungen. Kein Euro Erspartes, keine Rücklagen. Mein Verdienst reicht zum Leben und für einen Urlaub im Jahr. Das ist mehr, als ich jemals erwartet hätte, und gleichzeitig bleiben Existenzängste. Was, wenn ich krank werde, was, wenn ich wieder ausfalle? Meine Rente wird auf Harz-IV-Niveau liegen. Das steht fest.
Stets diese Diskrepanz zu ArbeitskollegInnen mit Haus und Auto und mehrfachem Urlaub im Jahr.
Und dennoch: Ich fühle mich reich.
Denn nichts ist selbstverständlich und alles ein Wunder.

Erinnern

die ersten zehn Jahre meines Lebens: eine Leerstelle
kann mich an nichts erinnern
weiß weder um die Tiefe meiner Verletzung
noch um die Intensität, mit der ich leben könnte

Keine Sicherheit, nirgends

nirgends und niemals
sommers nicht und nicht im Winter
im Haus nicht, nachts nicht, tagsüber nicht
nicht draußen
auf den Wegen vom Kindergarten nach Hause nicht, auf den Wegen mit dem Großvater nicht
vor allem zur stillen Zeit in der Mittagsruhe
wenn alle Geschäfte geschlossen sind
die Häuser ringsherum still, schweigend
noch stiller die Gebüsche, die Sportplätze
am Rand und hinter dem Ort
die Wege, die niemand geht an Tagen, an Arbeitstagen
der Sand am Boden, der Schotter sommerwarm, die Luft flirrt
Bäume und Büsche rauschen und stehen dann still
Vögel verstummen, die Zeit dehnt sich
und aller Raum stürzt ins All
da ist das Kind, dass sich versteckt im Eck
da ist die Kindergärtnerin, die schimpft:
»So böse, nun komm schon
dein Opa holt dich ab!«
niemand hat sie gesehen die Verletzungen
die inneren wie die äußeren
oder sie ignoriert, weggeredet, wegerklärt
wie lässt sich Gehirnerschütterung, zugeschwollenes Auge

geschwollene Wange, blaue Flecken, Blutkrusten, Herzflattern
Herzschmerzen, Hautausschlag, nicht turnen wollen
Seitenstechen, Übelkeit, Schwäche, nicht rennen können
nicht reden können erklären?
wo warst du, Hekate, Unterweltsgöttin, mit Schwert
zornige, rote Tara
und wo warst du, Maria, die Barmherzige
Fürsprecherin der Kinder?
ich war vier Jahre alt

Kindheitsmärchen

die böse Hexe meiner Kindheit hieß »mein Großvater«
und lag nicht unter meinem Bett, sondern ich in seinem
ich war nicht ausgesetzt wie Hänsel und Gretel
liebend gern wäre ich fortgelaufen in den Wald
oder sonst wohin
denn die Gefahr lauerte nicht im Außen

Später dann

Ein Kind auf der Mauer, umgeben von Süßigkeiten, einem geheimen Schatz.
Milch sollte es holen. Das hat es getan und das Wechselgeld einfach umgesetzt in Köstlichkeiten. Es weiß, das ist falsch, es war böse und die Strafe wird kommen.
Doch für einen Moment ist es autonom, selbstbestimmt.

Ich, die dem Tod oft sehr nahe war, habe mir gesagt, Indianer kennen keinen Schmerz, und habe mir Geschichten ausgedacht, Geschichten, die das Erlebte erklärten, es notwendig machten, oder Geschichten, die mich forttrugen in eine andere Welt, die so wirklich war für mich, dass das Reale gar nicht stattfand.

Und tatsächlich bin ich immer wieder fortgelaufen, das erste Mal mit vier Jahren, doch sie haben mich immer wieder zurückgeholt. Mein größter Wunsch war, in ein Heim zu kommen. Dafür habe ich vieles versucht: Stehlen, lügen, Nachbarn ärgern. Doch nie kam die Polizei, wie ich mir ausgemalt hatte, und hätte mich fortgebracht.
Und noch mehr habe ich mir gewünscht, dass mir jemand sagt, dass ich gut bin und nie mehr Angst haben muss.

Eine Offenbarung: das Alphabet

Ich bin sieben und lerne das Alphabet.
Eine Offenbarung.
Magisch die Zeichen, ich kann sie entdecken in Büchern, neben Bildern, in den Straßen.
Kann abtauchen in fremde, bessere Welten, in denen es Kindern gutgeht, sie nette Eltern, oder, noch besser, gar keine Eltern haben. Dafür Freunde und frei sind. Ich kann mir meine eigenen Welten erschaffen.

A Augen auf, aller Anfang atmet Anmut
B besondere Begabung birgt Befreiung
C Claras Cracker Camp
D da draußen duftet das Draußen
E einzigartige Erkenntnisse erahnen
F fallen fern
G Gehörtes glauben, gierig geradeaus gehen
H haltlos hinterher hechten
I irren inklusive
J jawoll
K Kinder kommt Kreide krümeln, Kunst kacken
L leise Laute lassen lebendig lachen
M meistens müde
N Neues. Nein, nicht nicken
O ohne Ordnung oder

P	Pause
Q	Quecksilber quasseln
R	reisen rettet
S	Sinn
U	unterhaltsamer Unfug
V	verzagt vertrauen
W	Wechsel wirken Wunder
X	XXL-Xylophon
Y	Yippie Yippie Yeah
Z	Zauber zerstreut Zweifel

Sommerträume

Es ist Sommer. Träge Hitze. Nachmittägliche Müdigkeit, die Geräusche gedämpft. Besuch aus Belgien auf unserer Terrasse. Verwandtschaft, die ich nicht kenne, die noch nie hier war.
Ich schleiche mich aus dem Garten, Notizblock und Stift bereit. Inspiziere das Auto der Belgier, notiere das Kennzeichen. So hätte es Kalle Blomquist auch gemacht. Nur zur Sicherheit. Vielleicht sind es ja Verbrecher oder sie führen auf eine wichtige Spur. Wie sehr sehne ich mich danach, etwas Bedeutendes zu entdecken, mehr zu wissen als die anderen.
Bei Kalle Blomquist ist immer Sommer. Jedes Jahr in den Ferien treffen sie sich wieder. Ich schlage das Buch auf und setze mich zu ihnen. Kalle, Eva-Lotta und Rasmus. Im Bäckereigarten. In Erwartung des Momentes, wenn der Vater von Eva-Lotta mit einer Tüte voll duftender, warmer Zimtschnecken kommt, sie mit einem liebevollen Lächeln seiner Tochter überreicht. Und dann wieder geht. Denn er liebt seine Tochter über alles und lässt ihr gleichzeitig jede Freiheit.
Wie muss das sein, wie fühlt sich das wohl an?
Geliebt zu sein und unbeschwert. Nur den eigenen Interessen folgend, der Lust am Spiel und in Gemeinschaft.
Eine Szene aus Kalle Blomquist ist mir heute noch präsent. Kalle ist entführt worden und in einer Holzhütte im Wald eingesperrt. Jeden Abend schleichen sich seine Freunde heran und schieben ihm Salamischeiben durch eine Ritze in der Außenwand,

damit er etwas zu essen hat. Nichts ist so köstlich wie diese Salamischeiben. Ich kann sie ebenfalls schmecken: Es ist der Geschmack von Freundschaft und Treue.

Das ist es auch, was mich an den fünf Freunden fasziniert. Zwei Mädchen, zwei Jungen und ein Hund. Auch sie bestehen Abenteuer, überführen Verbrecher. Das eine Mädchen namens George ist eher ein Junge. In Hosen, draufgängerisch und eigenwillig. Ihr ständiger Begleiter: ihr Hund Timmy.

Lesen lernen ist für mich eine Offenbarung. Überhaupt, das Alphabet zu entdecken: Diese kostbare Möglichkeit, in Geschichten zu verschwinden, der Realität zu entfliehen, in anderen Leben zu leben. Leben, in denen es Kindern gutgeht und sie nicht alleine sind.

Unvergesslich, die erste Seite eines neuen Bandes aufzuschlagen. Mich hineinziehen zu lassen in die Atmosphäre, in dieses vertraute Setting. Schon nach den ersten Sätzen fühle ich mich zu Hause. Wie Worte, ein bestimmter Stil mir Geborgenheit geben. Und Lust wecken, eine freudige Erregung, der Geschichte zu folgen. Das geht mir auch später noch so, wenn mich ein Buch anspricht. Meistens zeigt es sich in den ersten Sätzen, ob es mein Buch ist.

Und dann selbst schreiben zu können, eigene Geschichten zu erfinden. Meine eigenen Welten zu erschaffen. Wie begierig bin ich, wenn es in der Schule gilt, einen Aufsatz zu schreiben. Ich brenne darauf, endlich an einem Tisch zu sitzen und loszulegen. Den Worten, die aus mir strömen, zu folgen. Bildern, die in meinem Inneren entstehen, Form zu geben, sie in Sätze zu kleiden.

Mein erster Schulaufsatz. Das Thema: Der vorausgegangene lehrreiche Ausflug mit der Schule zur Post. Darüber sollen wir schreiben. Meine Enttäuschung, meine Verzweiflung, weil die Lehrerin mir nicht glaubt, dass ich den Aufsatz allein geschrieben habe: »So schreibt kein Kind in diesem Alter!« Erst die Bestätigung meiner Mutter, dass mir tatsächlich niemand geholfen hat, überzeugt sie. Wie gerne wäre ich stolz.

Sprache, meine Zuflucht

Ich schrieb Gedichte und Kurzgeschichten. Einmal ein ganzes Theaterstück, ein sehr nihilistisches. Ich liebte es, im Unterricht laut vorzulesen, Gedichte vorzutragen.
Ich trug meine Texte zu unserem Deutschlehrer und der Geschichtslehrerin, die mir ungemein sympathisch war. Beide haben tatsächlich meine Texte immer gelesen, korrigiert und kommentiert. Am Ende der Pausen wartete ich vor dem Lehrerzimmer, mir war jedes Mal heiß und kalt vor Aufregung.
Mein Deutschlehrer hat mich gefördert. Mein selbstgeschriebenes Theaterstück hat er ein Schuljahr lang zum Unterrichtsthema gemacht, mit dem Ziel einer Aufführung. Es gab Kleingruppen in der Klasse für die Kostüme, die Bühnenbilder und die, die spielen wollten. Tatsächlich gab es dann eine Aufführung als Abendveranstaltung und ich spielte die Hauptrolle.
Dieser Lehrer vermittelte mir dann kostenlosen Schauspielunterricht bei seinem Bruder, einem Theaterregisseur, zur Vorbereitung auf die Aufnahmeprüfung an der Schauspielschule Bochum.
Heute staune ich darüber, dass sein Bruder das für mich getan hat. Regelmäßig fuhr ich einen weiten Weg mit der Straßenbahn und unterzog mich seiner Lehre, die manchmal auch hart war. Er übte mit mir drei Rollen ein für die Prüfung. Alles heimlich, hinter dem Rücken meiner Mutter, die das nie zugelassen hätte. Wie ich es geschafft habe, immer Ausreden für mein Fernbleiben

zu finden, ist mir ein Rätsel.
Auch zur Prüfung fuhr ich heimlich. War das schwer, morgens ganz normal zu erscheinen, so zu tun, als ginge ich wie immer zur Schule!
Bei der Prüfung bin ich durchgefallen. Ich war eine von dreihundert BewerberInnen auf zwanzig Plätze. Das Schlimmste: stundenlanges Warten, bis ich an der Reihe war. Einige meiner MitbewerberInnen versuchten es seit Jahren immer wieder, hielten sich mühsam mit Jobs über Wasser. Das schreckte mich ab, das traute ich mir nicht zu. Und so beschloss ich, doch erst mal Abitur zu machen, den sicheren Schulhafen nicht zu verlassen.

Wo waren sie?

die Erwachsenen
die Kindergärtnerinnen
die Nachbarn
die LehrerInnen in der Schule, wenn ich bekifft und
angetrunken im Unterricht war
all die Nichtmerker
Wegguckerinnen
die sehr wohl mein ungehöriges Verhalten ahndeten
für die ich Ärgernis und Störenfried war
die mich zur Rede stellten wegen unentschuldigten Fehlens
die mir sagten, ich sei ein schlechtes Vorbild
für andere Schülerinnen und Schüler
weil ich nicht mehr zu Hause wohnte, stattdessen mit
Freundin und Kind
weil ich renitent war
die nur mein Scheitern sahen
und mir immer wieder bestätigten, dass ich unmöglich sei
mein negatives Selbstbild, früh angelegt
erfolgreich nährten und stärkten
die mich mit Disziplinarkonferenzen überhäuften und
schließlich der Schule verwiesen, und sich selbst dann
noch weigerten, mich zu unterrichten, nachdem ich mich
erfolgreich wieder eingeklagt hatte
wo waren sie, die Berater vom Jugendamt, die zu Hause im

Wohnzimmer bei uns saßen, mit meiner Mutter sprachen
und mich nicht überzeugen konnten, dass meine Mutter mich
liebt und ich alle Probleme aus der Welt schaffen könnte mit
einer einzigen Umarmung, wäre ich nur einsichtig
und für sie da
wo war er, der Neurologe, der der Elfjährigen eine neurotische
Furcht vor dem Tod diagnostizierte und dem vermeintlichen
Angsthasen Pillen dagegen verschrieb

Ungerecht – ungerächt

gestohlene Kindheit
gestohlene Jugend
kein Hineinwachsen ins Erwachsensein, ins Leben
die Allgemeingültigkeit von Lebensphasen –
auf mich trifft sie nicht zu
bis Anfang zwanzig habe ich durchgehalten
dann kam der Zusammenbruch
keine Sicherheiten
es ging immer ums Ganze
Sicherheit waren Freunde

Therapien und Kliniken

manchmal auch Ämter
mein Widerstand, meine Kreativität
ohne Halt

Die Gruppe

Eines Tages, ich bin fünfzehn, liegt da dieser Zettel im Briefkasten. Ich hole ihn heraus, bevor meine Mutter nach der Post sieht. Es ist ein einfacher Zettel, der mein Leben verändern wird, von Grund auf, der meiner Einsamkeit ein Ende setzt und mir neue Perspektiven auf die Welt eröffnet. Ich sitze auf der Treppenstufe, lese und bin wie elektrisiert.
Eine Ankündigung, eine Veranstaltung im hiesigen Gemeinderaum der Kirche. Die Art der Veranstaltung und ihr Thema erinnere ich später nicht mehr, aber beides ist nicht wichtig. Wichtig ist, und das erscheint mir wie ein Wunder: Die Ankündigung ist von Jugendlichen, von Menschen in meinem Alter geschrieben. Es gibt eine ganz neue Jugendgruppe am Ort, und diese lädt ein.
Da muss ich hin, das steht sofort für mich fest. Egal wie – meine Mutter wird mich nicht aufhalten können. Egal, ob sie mich schlägt, egal, ob sie das Haus verschließt, egal – es muss klappen, es muss. Die beste Möglichkeit scheint mir, zu lügen oder gar nicht erst nach der Schule nach Hause zu gehen, sondern dort zu warten, bis das Treffen beginnt. Auf keinen Fall darf meine Mutter den Zettel sehen. Ich lerne ihn auswendig und vernichte ihn. Tag, Ort, Uhrzeit, alles ist in meinem Kopf gespeichert.
Und es gelingt mir – ich gehe hin. Und gehe immer wieder hin. Und oh, nächstes Wunder, bald gehöre ich zum Kern der Gruppe. Ich bin dabei, gehöre dazu.

Wir sind eine tolle Gruppe. Vollkommen selbstorganisiert stellen wir für die Jugendlichen der Umgebung ein Programm auf die Beine und schaffen einen Treffpunkt. Mit zähneknirschendem Einverständnis des Pfarrers. Denn wir sind alles andere als christlich, schon gar nicht kirchenkonform, eher linkspolitisch, friedensbewegt, antiautoritär und Anti AKW, begeistert von Woodstock.
Ohne es zu wissen, sind wir eine Art Modellprojekt, könnten noch Jahrzehnte später ein Vorbild sein. Denn wir sind eine bunt gemischte Gruppe im Alter von fünfzehn bis zweiundzwanzig Jahren aus StudentInnen, SchülerInnen und Arbeitern, den Malochern aus dem Stahlwerk, von der Hütte, teils noch in Ausbildung. Und es funktioniert, jeder und jede bringt das ein, was sie oder er kann und gern macht. Es gibt Discoabende, Filmabende, Gesprächsrunden, eine Motorradwerkstatt, gemeinsames Kochen und Pizzabacken. Und wir machen zusammen Ausflüge.
Einmal fahren wir mit einem Auto mit offenem Verdeck und Megafon durch den Ort und kündigen irgendeine Veranstaltung an. Das macht riesigen Spaß. Es ist toll, so laut und wichtig zu sein.

Hier in der Gruppe fühle ich mich zum ersten Mal aufgehoben, anerkannt, gemocht. Und es spielt eine Rolle für die anderen, ob ich dabei bin oder nicht. Wenn die Jungs vom Werk streiken, leisten wir ihnen im Streiklokal beim Skat spielen Gesellschaft.

Meine Mutter versucht immer wieder, mich dort wegzuholen, mit peinlichen Auftritten vor unserem Treffpunkt. Alle gehen ihr aus dem Weg. Ich schäme mich, eine Mutter zu haben, die niemand mag und alle ätzend finden.
Einen dieser Ausflüge an einem Sonntag verbietet mir meine Mutter und verriegelt das ganze Haus. In einem günstigen Moment entsichere ich die Haustür, flitze hinaus und renne, renne, renne.
Der Ausflug – ein gestohlenes Glück. Ich bin nicht richtig froh dabei, weiß ja, was mich zu Hause am Abend erwartet.
Und so ist es ständig, die Strafe, die Prügel folgen immer. Wenn ich lüge, Geschichten erzähle, bekommt es meine Mutter jedes Mal heraus. Sie telefoniert mir auch überall hinterher.
Es ist nicht schön, ständig das Gefühl zu haben, etwas Falsches, Verbotenes zu tun. Ich habe als Erwachsene Jahre gebraucht, um zu begreifen, dass ich meine Liebsten nicht belügen muss. Dass ich offen sagen kann, was ich tun will.
Wie oft habe ich sie anfangs vor vollendete Tatsachen gestellt, wenn mir etwas wichtig war. Es war eine Erschütterung zu begreifen, dass ich andere damit verletze, ausschließe, dass ich das nicht mehr muss, dass ich ehrlich sein kann.
Noch heute bin ich manchmal überrascht, dass andere es gut mit mir meinen.
Dass mich jemand mag.

In der Jugendgruppe treffe ich auf Alexandra, von allen Alex genannt. Wir erinnern uns vage, dass wir zusammen im

Kindergarten waren. Wir freunden uns an und sind bald unzertrennlich. Wenn wir nicht gerade im Jugendheim sind oder unterwegs, hocken wir bei ihr zu Hause. Und ich lerne die Familie von Alex kennen. Ihre Mutter ist kaufmännische Angestellte und fährt jeden Tag den weiten Weg nach Düsseldorf zu ihrer Arbeitsstelle. Der Vater arbeitet als Elektriker im nahegelegenen Stahlwerk und ist engagierter Gewerkschafter. Er fährt mit dem Fahrrad zur Arbeit. Es gibt zwei Brüder, einen Hund und eine Katze.

Meine Mutter nennt sie alle »Teufel«, die unsere Familie zerstören: »Wenn ich den schon sehe, wie er aus dem Fenster lehnt mit seinem roten Bart!«

Alex hat Hausverbot bei uns. Und meine Mutter verbietet mir, mich mit ihr zu treffen. Ich tue es trotzdem und halte mich bald mehr bei Alex auf als zu Hause. Ihre Mutter Maria sagt, wenn sie meine Mutter sehe, gehe sie auf die andere Straßenseite, weil sie mit ihr nicht sprechen möchte. Es bestätigt und schockiert mich zugleich.

Der Vater von Alex, Werner, ist da anders. Er glaubt daran, dass Menschen sich ändern können, sucht das Gespräch. Aber er erreicht meine Mutter nicht, rennt gegen Mauern.

Er versucht mich zu stärken, damit ich meiner Mutter nicht mehr mit Lügen und Heimlichkeiten, sondern offen entgegentrete. Das überfordert mich komplett.

Wenn ich bei Alex übernachte, sage ich meiner Mutter nie Bescheid.

An einem dieser Abende sagt Werner zu mir: »Komm mal mit!«,

und geht mit mir ins Wohnzimmer zum Telefon. »So«, sagt er, »du rufst jetzt deine Mutter an und sagst ihr, dass du bei uns bleibst über Nacht. Daran ist nichts Falsches, Doris. Sie hat gar keinen Grund dagegen zu sein. Sie weiß, wo du bist, du bist in Sicherheit und nicht sonst wo. Also sag es ihr einfach.« Ich zittere am ganzen Körper, habe eine solche Angst, dass ich gar nicht aufhören kann zu zittern und nicht in der Lage bin, den Hörer zu nehmen. Das kann ich nicht, was soll ich denn bloß sagen?

Doch Werner lässt nicht locker. Wenn es doch nur so einfach wäre, wie er sagt. Jetzt hier, wo Werner neben mir steht, kann mir nichts passieren. Später aber werde ich wieder alleine sein mit meiner Mutter.

In diesem Moment hasse ich ihn dafür, dass er das von mir verlangt. Was ich tun soll, ist ungeheuerlich. Doch irgendetwas daran scheint vage und entfernt verlockend. Die Aussicht, das Richtige zu tun, mich nicht mehr schuldig zu fühlen. Das wäre einfach zu gut.

Schließlich nehme ich zögernd den Hörer, Werner wählt die Nummer. Und ich sage, so schnell ich kann, meinen Spruch und fürchte, gleich umzukippen, so schwindlig ist mir.

Wie erwartet setzt meine Mutter mir zu: »Du kommst jetzt sofort nach Hause!«

»Nein«, sage ich. Immer wieder nur: »Nein.« Zu mehr bin ich nicht in der Lage. Werner steht einfach ruhig neben mir und nickt mir zu. Schließlich lege ich auf.

»Gut gemacht!«, sagt Werner und reicht mir einen Schnaps.

Die Eltern von Alex beschäftigen sich beide mit Psychologie. Und, was ganz ungewöhnlich ist in der damaligen Zeit, beide machen Therapien. Einzeln für sich und gemeinsam in einer Gruppe. Werner gründet sogar eine Männergruppe, in der er sich mit seiner Rolle als Mann und seinen Männerbildern auseinandersetzt.

Er redet gern und viel, was Alex oft auf den Geist geht. Aber ich bin fasziniert.

Von ihm bekomme ich die ersten Bücher von Bernd Engelmann und Günther Wallraff. »Ihr da oben, wir da unten« hat nachhaltig mein kritisches Geschichtsbewusstsein geschärft.

Ich staune, kann es nicht fassen: Eltern, die mit ihren Kindern sprechen, die mit ihnen lachen, Karten spielen. Hier kann ich sein, werde einbezogen, willkommen geheißen. Es gibt gemeinsame Spaziergänge am Sonntag mit anschließendem Kaffeetrinken.

Es ist ein offenes Haus; auch die Freunde der Brüder sind oft da. Der Jüngere bastelt ständig mit seinem Freund an irgendwelchen Mopeds herum. Er gefällt mir mit seinem schwarzen Haar und den dunklen Augen. Er und Alex kommen nach der Mutter. Der ältere Bruder ähnelt eher seinem rothaarigen Vater. Vater und Söhne arbeiten im Stahlwerk, die Mutter im Büro.

An den Sommerabenden finden sich alle im Garten hinter dem Haus zum Grillen ein. Manchmal bis spät in die Nacht sitzen wir um das Feuer an der eigens eingerichteten Feuerstelle.

Anfangs ist es hart für mich. Ich bin sehr schüchtern, traue mich kaum, beim gemeinsamen Essen etwas zu nehmen, während die anderen kräftig zulangen. Und mich aufziehen wegen meiner Zurückhaltung. Ich bin solchen Umgang nicht gewohnt, heiteres Geplänkel, Ironie ohne böse Absicht. Kein Schimpfen, keine Kritik, und dennoch fühle ich mich bloßgestellt und verkehrt. Ich kann ja nicht raus aus meiner Haut. Das entspannte Zusammensein lerne ich erst später.

Mit am meisten liebe ich die Samstage in dieser Familie. Da ist Putztag und alle helfen mit, auch ich. Und dann, wenn alles fertig ist, geht der Vater zur Pommesbude im Ort und alle, auch ich, dürfen sagen, was sie haben wollen: Hähnchen oder lieber Currywurst? Pommes klar, auf jeden Fall. Ja und dann essen wir gemeinsam und die Hunde bekommen die Knochen und die Katze den Knorpel.

Zu Hause darf ich nichts tun. Das, worunter viele Mädchen leiden, dass sie ständig im Haushalt helfen müssen, ist bei mir genau andersherum. Ich leide darunter, dass meine Mutter mich nichts machen lässt, da sie der Meinung ist, dass ich sowieso nichts könne und alles falsch mache.

Meinen ersten Kuchen hatte ich mit zwölf Jahren heimlich gebacken, als sie nicht da war. Ich dachte, wenn ich sie überrasche, müsste sie sehen, dass ich doch etwas kann. Es war eine Himbeertorte, die ich mit viel Fantasie kreierte, mit reichlich Himbeeren und Sahne. Als meine Mutter zurückkam, hatte ich die Küche blitzblank aufgeräumt und die Torte stand gut sichtbar platziert auf der Küchenanrichte. Ihre Reaktion war niederschmetternd. »Was ist das denn? Das kannst du doch gar nicht!«, herrschte sie mich an, »du weißt ja gar nicht, wo die

Sachen in den Schränken sind.« Sie nahm die Torte und schmiss sie in den Mülleimer. Nur ja nicht sollte ich es wagen, noch einmal in ihrer Küche zu hantieren.

Als ich später mit Alex zusammenwohne, ist es eine harte Schule für mich, von ihr das Kochen zu lernen. Sie ist ungeduldig und gereizt, wenn ich die einfachsten Sachen nicht weiß. Aber ich schaffe es, denn ich will um jeden Preis selbstständig werden. Der Wille und die Freude daran entstehen und wachsen bereits mit jenen samstäglichen Putztagen im Elternhaus von Alex. Hier ist meine Hilfe gefragt und erwünscht. Auch wenn ich mich zunächst ungeschickt anstelle. Alles muss ich erst noch lernen, aber meine Unzulänglichkeiten mache ich durch Eifer wett. Bald schon putze ich in Eigenregie und zu aller Zufriedenheit das Bad, sortiere Lebensmittelvorräte in die Regale im Keller, staube die Möbel im Wohnzimmer ab und bereite das Frischfleischfutter für die Hunde vor.
Ich sehe mich die Straße zu ihrem Haus hinunterlaufen. Immer wieder fasziniert mich eins der Fenster zum Garten raus. Ein besonderes, rundes, wie ein Bullauge, mit gelbem, gewelltem Glas. Wer hat schon so was! Tagsüber reflektiert es leuchtend das Sonnenlicht. Abends, im Dunkeln, schimmert es sanft von innen beleuchtet. Es wird für mich zum Symbol, scheint mich in die richtige Richtung zu ziehen. Wie ein Leuchtfeuer auf hoher See. Wenn ich es sehe, bin ich gleich da, angekommen.

Die Stimme meiner Mutter

lass das, du kannst es sowieso nicht
andere haben Talente, aber wir doch nicht
bilde dir nichts ein
die Menschen nutzen dich alle aus
dir sind andere doch egal
du bringst mich noch ins Grab
wenn das dein Vater wüsste
eines Tages werde ich uns alle vergiften
guck dich doch mal an, wie du schon aussiehst
wenn ich dich sehe, könnte ich nur kotzen
da wird mir schlecht
ich spucke auf dich
dich will doch sowieso niemand anfassen
du bist ein Stück Dreck
nicht mehr wert als ein Stück Dreck

später dann, viel später:
ich glaube, es ist besser, wenn sich unsere Wege trennen
du hörst ja nicht auf, diese Lügen
über meinen Vater zu behaupten
der arme Mann
Tote können sich nicht wehren

und meine Schwester:
wie kannst du so etwas über den Opa sagen, aber du warst ja
immer schon feige und verlogen

Erste Pizza

Abends mit der Jugendgruppe durch die Düsseldorfer Altstadt. Verbotenes Revier. Verbotener Ausflug. Verbotene Gesellschaft. Die Strafe wird folgen, wenn ich erst wieder zu Hause bin. Spät wird das sein, so spät wie möglich am Abend. Doch das verdränge ich fürs Erste.

Froh bin ich, hier zu sein mit meinen FreundInnen. Es ist aufregend. Wir sind albern, tun weltgewandt. Fühlen uns auch so. Das ist die große Welt. Die traut sich zu, wer cool ist und vor nichts zurückschreckt. Zum Glück führt uns ja Peter herum. Der ist einer von den Älteren aus unserer Jugendgruppe, Anfang zwanzig, hat schon eine eigene Wohnung in Düsseldorf und kennt sich aus. Außerdem tut er überlegen und stark. Allerdings produziert er sich, im Gegensatz zu anderen, die eine große Klappe riskieren, in stillerer Weise. Einfach in seinem Gang, in seinem ganzen Gehabe. Bleibt ganz ruhig und schaut dem Gegenüber fest in die Augen. Damit macht er Eindruck. Mit offenem, langem Ledermantel schreitet er uns voraus. Barbara, seine Freundin, an seiner Seite. Sie hat so eine Art, die Augen zu Schlitzen zu verengen, eine Augenbraue ironisch hochzuziehen und dabei ihr Kaugummi knallen zu lassen wie niemand anders. Ständig kaut sie Kaugummi und bringt gewaltige Blasen zustande. Ich bewundere und fürchte sie gleichzeitig.

Wir anderen folgen den beiden. Dabei halte ich mich an Moni, die freundlich und unkompliziert ist. Und ausgesprochen gut

aussieht. Die Jungen fahren alle auf sie ab. Sie macht mich auf eine Gruppe schwankender, kichernder Frauen mit bunten Luftschlangen um den Hals aufmerksam.
Manche Kneipentüren stehen offen und es dröhnt Musik heraus. Hier ist Leben in den Straßen und wir sind mittendrin. In einer Kneipe trinken wir Bier, am Tresen, versteht sich. Dann ziehen wir weiter. Promenieren macht hungrig. Peter steuert auf einen italienischen Imbiss zu. Und schon halte ich eine Minipizza auf der Hand.
Micha, Alex älterer Bruder und auch Mitglied unserer Jugendgruppe, hat sie mir ausgegeben, die erste Pizza meines Lebens. Ich bin sechzehn Jahre alt. Wie sehr habe ich mir gewünscht, einmal Pizza zu essen! Schon seit einigen Jahren war sie in Deutschland angekommen, damals in den Siebzigern. Und es hörte sich interessant an, wenn jemand sagte: »Ich gehe zum Italiener.« Alles daran klang verheißungsvoll, exotisch, südländisch, mit Kräutern wie Oregano und mit Knoblauch. Als sei die Salami auf den Pizzen in der Sonne der Toskana gereift, so feurig und prickelnd waren die Beschreibungen.

Einmal hatte mich eine Mitschülerin zu sich nach Hause zum Pizza essen eingeladen. Doch ich durfte nicht hingehen. Meine Mutter verbot es. Solch fremdländische Sachen äße man nicht, nie würde sie so was anrühren. Speisen aus anderen Kulturen waren ihr zutiefst suspekt, beinahe so suspekt wie die Menschen.
Ich aber wollte mehr, mehr vom Leben, von der Welt, wollte dazugehören, zu denen, die mit dem Fremden schon längst

vertraut waren. Wollte nicht mehr die hinterm Mond sein. Sehnte mich nach Pizza und danach, Jeans zu tragen. Denn auch die erlaubte meine Mutter nicht.
Doch das dauerte noch, dafür musste ich erst aus dem Haus sein. Und die Pizza blieb zunächst auch nur ein Traum.

Doch nun halte ich sie plötzlich in den Händen. Einfach so. Wie das duftet! Und die Geste, mit der Micha sie mir gereicht hat, beinhaltet für mich grundlegende Anerkennung, Zuwendung, nach der ich seit frühester Kindheit hungere.
Der erste Bissen ist heiß und köstlich. Der Dampf steigt in die Nachtluft. Wir essen im Gehen, schlendern weiter durch die nächtliche Altstadt. Und für einen Moment bin ich gesättigt.

Jugend und stumm

auch das gab es
alle sitzen um mich herum
ich kann weder sprechen noch mich bewegen
das kann Stunden gehen
sie fragen mich eindringlich
»Was ist los. Sag doch, was denkst du?«

Illusion und Nachwehen

Ich stehe mit Alex am Saum der Wiese. Sie hat mich mit den Hunden abgeholt. Wir haben den Angerbach überquert und schauen nun auf die weite Fläche, die sich bis Huckingen, einem weiteren Vorort, hinzieht. Es ist Herbst und die Luft kühl und leicht feucht. Der Atem der Hunde zeigt sich in Dampfschwaden, während sie begeistert über die Fläche rennen. Vorneweg Kevin, braun, mit fliegenden Ohren und tanzendem Schwanz. Lesko, als Cockerspaniel der kleinere der beiden, etwas gemächlicher hinterher. Er ist schon älter und nicht mehr so draufgängerisch wie unser Jungspund. In der Dämmerung leuchtet Leskos Blauschimmelfell kurz auf. Es ist die Tageszeit, in der die Schatten im Zwielicht verschwimmen und die Konturen unscharf werden. Auch der Himmel ist grau mit schweren Wolken verhangen. Sicher wird es bald regnen und wir müssen zurück.

Ausgerechnet heute kann ich nicht mit zu Alex gehen. Und das lastet schwer auf mir. Mit dem schwindenden Licht nimmt meine Verzweiflung zu. Eine tiefe Traurigkeit und Hoffnungslosigkeit haben mich ergriffen.
Ich will nicht wieder in die bedrückende, enge Atmosphäre meines Elternhauses zurückkehren, dort sein müssen. Aber ich weiß auch nicht, wohin. Ich fühle mich verloren.

Gestern haben Alex und ich einen Trip geschmissen. Und nun, wieder nüchtern, ist, wie meistens, wenn die Wirkung nachlässt, alles nur noch schlimmer. Die Abgründe in mir sind nun noch tiefer. Am liebsten würde ich gleich den nächsten Trip hinterherschmeißen.
Ich verbringe viel Zeit im Nebel, gedämpft von Haschisch oder Alkohol. Die zeitweilige Illusion, alles sei in Ordnung, das Erleben anderer Welten oder der Welt mit anderer Wahrnehmung, mich einfach mal gut zu fühlen, macht das Leben vorübergehend erträglicher. Wäre da nur nicht der Absturz danach.

Und das ist die andere Seite der Zeit in der Jugendgruppe: alkoholüberflutete Feten. Joints im Park am Morgen, statt in der Schule zu sitzen. Ständiger Ärger in der Schule, schlechte Noten und Versagen. Alkoholkonsum in den Schulpausen auf der Schultoilette und betrunken zurück in den Unterricht. Die häusliche Situation nicht besser und kein Ausweg in Sicht.
Die Stimmen der Älteren in der Jugendgruppe – »Doris muss da raus!« – machen mir zusätzlich Druck. Wie denn? Ich beneide manche von ihnen, die schon studieren, nicht mehr zu Hause wohnen und zufrieden und glücklich wirken.
Wie geht das? Wie ist es möglich, zu so einem Leben zu kommen?

Auszug

Mein Auszug ist dann kein wirklicher Auszug. Heimlich habe ich gemeinsam mit meiner besten Freundin eine Wohnung gesucht und auch gefunden.
Quasi bei Nacht und Nebel verlasse ich das Elternhaus. An einem Wochenende, als meine Mutter nicht da ist und ich alleine im Haus bin. Nur das Nötigste kann ich mitnehmen: zwei Taschen und das, was ich am Leib trage.
Ich stelle meine Mutter damit vor vollendete Tatsachen. Als ich später den Schreibtisch aus meinem Zimmer abholen will, sagt meine Mutter: »Kein Stück trägst du hier raus.«
Wir sind in gewohnter Weise verfeindet. Ich verlange das Kindergeld, das sie für mich bekommt, und die Halbwaisenrente. Dem kann sie sich nicht widersetzen. Aber ihre Bedingung ist, dass ich mir das Geld monatlich persönlich bei ihr abhole und ihr den Empfang quittiere. Das erlebe ich als demütigend und sehr verletzend. Zwischen uns besteht keinerlei Vertrauen. Offenbar erwartet sie von mir Betrug.

Sicherlich war sie auf ihre Art zutiefst gekränkt. Heute ist mir klar, dass sie selbst traumatisiert war. Ich weiß nichts darüber, aber ich vermute, dass auch sie von ihrem Vater sexualisierte Gewalt erfahren hat. Und was sie während des Krieges und des Nationalsozialismus erlebt hat, mag ich mir gar nicht vorstellen. Sie ist 1924 geboren, hat also ihre gesamte Pubertät und Jugend

in jener Zeit verbracht. Dennoch – leider hat sie ihren Hass oder auch ihre Verzweiflung gegen mich gewendet und darüber auch später nie reflektiert.
Möglicherweise konnte sie das nicht, wie viele ihrer Generation. Aber das machte eine Versöhnung zwischen uns unmöglich.
Diese Sicht auf das Ganze, den Blick auch auf meine Mutter wenden zu können, ist mir möglich, seit ich den buddhistischen Weg gehe. Und auch da nicht von Anfang an. Es brauchte viele Jahre regelmäßiger Meditation und Beschäftigung mit den buddhistischen Lehren, bis Raum in mir entstand. Ich bewege mich da in einem Netzwerk mit Menschen, mit denen ich regelmäßig im Austausch bin und gemeinsam meditiere.4Einmal im Jahr begebe ich mich in ein sogenanntes Retreat in einem der buddhistischen Tagungshäuser. Retreat bedeutet Rückzug. Eine Zeit, um innezuhalten, sich auf sich selbst zu besinnen. In diesem Fall Rückzug im Rahmen eines Gruppenkurses. Es gibt einen strukturierten Tagesablauf mit Meditationszeiten und Vorträgen. Ansonsten wird geschwiegen. In einem meiner Retreats fühlte ich eines nachts ganz deutlich, wie tieftraurig das ist, wie unendlich tragisch: diese Unversöhnbarkeit zweier Opfer, dass es keinen Weg der Verständigung zwischen ihnen gibt.
Was hat sie mir wohl von ihren Traumata hinterlassen?
Ein Impuls, den ich oft verspüre, wenn ich auf der Straße Panik bekomme: mich zu Boden und die Arme über den Kopf zu werfen. Kriegsbilder steigen in mir auf, von Tieffliegern und Bombenangriffen. Ich kann sie fast hören.
Die Bitterkeit und Einsamkeit, die ich bei meiner Mutter spürte,

konnte ich nie ertragen, selbst heute in der Erinnerung nicht.
Lange hatte ich Angst, ebenso einsam zu enden, nicht fähig zu Beziehungen zu sein, nie Freunde zu finden.
Zu gerne hätte ich sie gerettet und wollte gleichzeitig nie so werden wie sie.

Bruch mit der Familie

Sie haben mich alle allein gelassen. Meine Mutter hat mich nicht vor ihrem Vater geschützt. Niemand hat mich beschützt. Niemandem war ich es wert, für meine Unversehrtheit einzustehen.
Der Bruch mit der Familie war irgendwann endgültig, etwa zehn Jahre, nachdem ich das Elternhaus verlassen hatte.
Ein bewusster, schmerzhafter Prozess. Endgültiger Abschied.
Denn ich wusste: Will ich jemals aus diesen destruktiven Mustern herauskommen, kann ich nicht mit ihnen sein.
Und ich wollte.
Ich habe mich für das Leben entschieden.
Und für verschiedene temporäre Wahlfamilien.
Familie wurden mir Freunde und WGs.
Leider kam es auch zum Bruch mit meinen Geschwistern. Meine Schwester stellte sich auf die Seite meiner Mutter und machte mir heftigste Vorwürfe.

Mein Bruder, ein großer Schweiger, hielt sich aus allem heraus. Nahm aber auch nie wieder Kontakt zu mir auf. Manchmal frage ich mich, was aus ihnen geworden ist und aus meinen Nichten und Neffen. Was haben meine Geschwister ihnen über mich erzählt? Oder gibt es mich gar nicht, herrscht Schweigen über mich?
Wie mag es ihnen wohl gehen? Meinem Bruder, der inzwischen einundsiebzig Jahre alt ist. Meiner Schwester, achtundsechzig. Die bei unserer letzten Begegnung bereits Diabetes hatte und andere gesundheitliche Probleme, Kognak in sich reinschüttete, mir sagte, wie sehr sie sich vor mir als Lesbe ekle und dass ich wieder zu Glauben und Kirche zurückfinden müsse. Der Gedanke an sie macht mich traurig. Ich glaube, dass sie es auch schwer hatte mit meiner Mutter. Sie konnte ihr ja ebenfalls nichts recht machen. Als sie stolz mit ihrem eben bestandenen Führerschein nach Hause kam, wie sehr hat sie sich da ein Lob, die Anerkennung meiner Mutter gewünscht. Doch meine Mutter war nicht zu erweichen. Und am Ende des Abends saß meine Schwester betrunken und weinend auf der Treppe und klagte mir gegenüber: »Warum kann sie nicht einmal was gut finden. Warum kann ich nicht einmal was richtig machen?«

Obwohl wir uns nie verstanden haben, fühle ich Sympathie für meine Schwester.
Viel Ungerechtigkeit ist ihr widerfahren. Sie galt immer als die Dumme, weil sie nur den Hauptschulabschluss gemacht hatte. Dabei hatte sie nie eine Chance. Es fing schon damit an, dass sie in der Grundschule nicht lesen lernte und ständig

über Kopfschmerzen klagte. Ganz spät erst kam überhaupt mal jemand auf die Idee, mit ihr zum Augenarzt zu gehen. Und sie bekam eine Brille. Als sie den Optikerladen mit der neuen Brille verließen, schaute sie wohl meine Mutter an und sagte: »So siehst du aus!« Das wurde später in unserer Familie als Anekdote erzählt. Doch ich fand es nicht lustig. Intuitiv erfasste ich das Leid dieses Kindes. Sie hatte also tatsächlich nicht richtig sehen können, die Umwelt verschwommen wahrgenommen. Niemand hatte ihr geglaubt, auch die LehrerInnen nicht. Sie galt als faul und stur.

Aus ihrer einstigen Opposition ist Anpassung geworden. Sie schlug den Weg mit Familie und Kirche ein, fest eingebunden in die Verwandtschaft und in großer Nähe zu meiner Mutter. Das habe ich nie verstanden.

Ich kann mir weder meine Schwester noch meinen Bruder in ihrem jetzigen Alter vorstellen. Von allen habe ich längst vergangene, jüngere Bilder im Kopf.

Auch von meiner Mutter. Ob sie noch lebt? Will ich das wissen? Ich kann es nicht sagen.

Die erste eigene Wohnung

Die erste Nacht in der eigenen, gemeinsamen Wohnung mit der besten Freundin.

Es ist still nun. Nach der emsigen Geschäftigkeit den ganzen Tag über, der Wohnungsübergabe mit der Vermieterin, kehrt nun Ruhe ein. Köstlich die Nachtluft, die durch das offene Fenster hereinweht. Rollende Reifen über Kopfsteinpflaster bilden einen beruhigenden Klangteppich für mein überreiztes Hirn. Wie ein beständiges Murmeln. Es ist eben doch nicht ganz still. Wie wunderbar. Die Stadt lebt, direkt vor der Tür. Um mich herum gibt es Menschen, Raum, Lebendigkeit.
Ob Alex nebenan schon schläft? Jede von uns beiden hat ihr eigenes Zimmer. Und dazu gibt es eine große Küche, in die ein Sofa und viel Besuch passen werden. Vom Hausflur aus geht es direkt in diese Küche, einen Flur hat die Wohnung nicht.

Heute fängt ein neues Leben an.
Ich kann es kaum glauben. Ich bin glücklich wie noch nie im Leben.
Alles scheint möglich. Kann das wirklich wahr sein?
Ende der Gewalt? Ende der Einsamkeit?
Ja, doch, es ist wahr. Ich liege hier.
Die Matratze unter mir auf dem Boden ist bequem. Ringsherum das Zimmer noch leer. Morgen werden wir losgehen. Möbel besorgen vom Sperrmüll. Vorfreude bei dem Gedanken, wie wir gemeinsam die Wohnung einrichten. Ganz so wie es uns gefällt. Ohne jede Einmischung.
Leisten können wir uns gar nichts. Aber ich weiß jetzt, ich brauche nicht viel.
Außer der Gewissheit, dass das jetzt wahr ist und bleibt.

Im ersten halben Jahr habe ich immer Angst, dass meine Mutter mich per Polizei zurückholt, da ich ja noch nicht volljährig bin. Aber das tut sie nicht.
In den folgenden Wochen renovieren wir. Die Altbauwohnung, in der seit Jahren nichts gemacht wurde, befindet sich in einem katastrophalen Zustand. Wir klopfen Schlitze, verlegen Leitungen. Alle aus Alex' Familie helfen mit: ihre Brüder, Michael, der ältere, genannt Micha, und Thomas, der von allen nur Tommy genannt wird. Vor allem aber hilft uns ihr Vater Werner. Er baut uns sogar eine Dusche ein und einen Flur samt Eingangstür.
Auch Alex' Großmutter hilft mit. Sie steht auf der Leiter und streicht die Wand, als plötzlich meine Mutter im Raum steht. Wie ist sie hereingekommen? Da wir uns quasi auf einer Baustelle befinden und ständig raus und rein müssen, steht die Eingangstür meist offen. Das werde ich nie vergessen: Wie meine Mutter diese liebenswerteste aller Großmütter von unten herauf beschimpft:
»Wie können Sie das nur unterstützen?«
»Aber die Kinder brauchen doch Hilfe!«
Und die gibt sie uns reichlich. Sonntags sind wir immer zum Mittagessen eingeladen. Stets treten wir den Nachhauseweg mit einem Korb voller Lebensmittel für die kommende Woche an.
Später gibt es einen gewissen Ausgleich: Ich kann endlich mal etwas für sie tun, was mich sehr befriedigt. Wir treffen ein Arrangement: Die Großmutter lebt mit Werner und Maria in einem Haus, in der oberen Etage. Da die beiden ja den ganzen Tag auf der Arbeit sind, bleibt das Ausführen der beiden Hunde an der Oma hängen. Nun komme ich mehrmals in der Woche

mittags von der Schule zu ihr. Stets erwartet mich ein leckeres Mittagessen. Nach dem Essen gehe ich dann mit den Hunden spazieren.
Doch das folgt erst später, hier streitet sie erst einmal mit meiner Mutter, die schließlich geht.
Maria und Werner sind so klug zu sagen: »Unsere Tochter möchte einen eigenen Raum. Also helfen wir ihr und sind dabei, statt sie zu verlieren.«
Sie sind da, auch für mich.
Sämtliche Renovierungskosten übernehmen sie. Mir wird erst spät, ganz spät, als Erwachsene, klar, dass sie ganz schön viel Geld für mich ausgegeben haben, auch in der Zeit, in der ich viel bei ihnen war und stets mitgegessen habe. Und erst die Urlaube, in die sie mich mitgenommen haben.
Da wir ja noch keine achtzehn Jahre alt und nicht volljährig sind, unterschreibt Werner den Mietvertrag. Rückblickend wundere ich mich, dass eine Vermieterin an zwei so junge Frauen vermietet hat. Aber vielleicht wäre sie die Bruchbude auch sonst nicht losgeworden. Oder vielleicht ist das unter der Prämisse »Vater mietet Wohnung für Tochter und Freundin« gar nicht so unüblich.
Für mich aber ist unsere gemeinsame Wohnung die schönste überhaupt. Wir bestehen auf blauer Wandfarbe für die Küche und dazu knallroten Fensterrahmen.
Gefällt uns das gut!

Veränderungen

Nun beginnt tatsächlich ein anderes Leben. Allein schon, weil wir in der Innenstadt wohnen. Da ist viel mehr los. Es gibt eine Auswahl an Geschäften und es ist nicht weit zu Kinos und Veranstaltungen. Wir entdecken gemeinsam ständig Neues und fühlen uns großstädtisch.

Zentrales Element in unserer Küche ist der Plattenspieler. Und wir hören nach Herzenslust zu jeder Tageszeit unsere Lieblingsmusik. Nicht weit von uns wohnt ein befreundetes Pärchen aus der ehemaligen Jugendgruppe. Und ein Freund lebt nur ein paar Häuser weiter in der gleichen Straße. Wir besuchen uns gegenseitig oft. Telefon haben wir nicht. Es ist üblich, einfach bei Freunden vorbeizugehen und zu klingeln, ohne sich vorher zu verabreden. Und meist werden wir eingelassen, essen zusammen oder trinken Kaffee, unterhalten uns und verbringen einfach gemeinsam Zeit.

Später in Berlin bin ich ganz befremdet, wenn die Frauen alle ihre Terminkalender zücken und nach eifrigem Blättern ein Treffen in drei Wochen vorschlagen, weil sie vorher keine Zeit haben. Und ohne Telefon geht gar nichts.

Ein Höhepunkt der Woche ist für uns immer der Samstag. Da ist Markt. Mit großem Vergnügen spazieren wir dorthin, kaufen frisches Gemüse und Bauer-Joghurt, den wir erst kürzlich entdeckt haben und einfach köstlich finden. Ende der Siebziger-,

Anfang der Achtzigerjahre kommen die ersten Biolebensmittel auf den Markt. Neben der politischen Aufbruchsstimmung, vor allem in der Friedens- und Antiatomkraftbewegung, wächst auch ein Bewusstsein für gesunde Ernährung und Ökologie. »Jute statt Plastik« gibt es damals schon.
Auch wenn wir uns nicht viel leisten können, gönnen wir uns ab und zu etwas. Dazu gehören die Weleda-Produkte. Als wir die zum ersten Mal ausprobieren, sind wir schlicht berauscht von den Düften. Ein Hochgenuss ist für mich im Sommer, mich in der Dusche, das hochgelegene Fenster geöffnet, mit Weleda Duschgel einzuseifen, die sich vermischenden Gerüche von Sommerluft und der Seife einzuatmen und anschließend das Wasser über die Haut perlen zu lassen.
Auf dem Rückweg vom Markt machen wir Halt im linken Buchladen. Dort gibt es Sessel, um sich niederzulassen, Kaffee zu trinken, Neuigkeiten auszutauschen und in Büchern und Zeitschriften zu schmökern. In diesem Laden finde ich die ersten feministischen Frauenbücher. Bahnbrechend: »Unser Körper, unser Leben« und etliche andere.

Mit heißen Ohren verschlinge ich Bücher über Lesben, über lesbische Sexualität. Allerdings mit dem Gedanken: »Au weia, hoffentlich bin ich nicht eine von denen!« Gesellschaftliche Vorurteile und Normen sind auch in mir wirkmächtig. Trotz aller politischer Aufklärung. Dabei weiß ich insgeheim schon lange, dass ich Alex liebe und auch begehre. Es gibt keine Worte dafür, und ich weiß auch nicht, wie ich mich ihr nähern soll. Auf Partys knutschen wir durchaus miteinander, aber das ist es dann auch. Eine wirkliche Liebesbeziehung haben wir nie. Obwohl ich später finde, dass wir wie ein Paar zusammenlebten, nur ohne Sexualität. Als Alex schwanger wird, vertieft sich unsere Bindung noch mehr. Der Vater des Kindes ist verschwunden, und ich verspreche Alex, das Kind gemeinsam mit ihr aufzuziehen. Eine Abtreibung kommt für sie nicht in Frage. Und in aller Konsequenz mache ich den Geburtsvorbereitungskurs mit und bin bei der Geburt dabei. Ein Glücksgefühl durchströmt mich, wie ich es nie erlebt habe, als ich das Neugeborene im Arm halte, das die Stirn kräuselt, mit verschwommenen Augen versucht, mich zu fixieren, und ganz still und konzentriert mit gespitztem Mund meiner Stimme lauscht.

Drei Jahre lebe ich mit Alex und ihrem Kind zusammen. Jahre, in denen ich zur Schule gehe, jobbe, um Geld zu verdienen, ihren Sohn Tim gleichermaßen verantwortlich mit aufziehe und mich aufs Abitur vorbereite.

Der Tagesablauf ist eng getaktet und bietet wenig Freiraum. Morgens stehe ich mit Tim auf, versorge ihn, mache Frühstück, bevor ich zur Schule gehe. An freien Tagen genieße ich es, mit ihm morgens zum Bäcker zu gehen. Welch ein Wunder, als er anfängt zu laufen. Wir brauchen immer ewig, weil ich ihn in jeden Hauseingang gehen und auch sonst alles anschauen lasse, was er interessant findet. Ich kann mich nicht satt sehen an diesem kleinen staksigen Wesen, das so neugierig die Welt erkundet. Auf diesen Wegen sind wir beide immer sehr vergnügt. Alex geht weder zur Schule noch arbeiten in dieser Zeit. Und so übernehme ich den Kleinen dann, wenn ich aus der Schule komme, denn sie ist ja schon den ganzen Vormittag mit ihm allein gewesen. Mit dem meisten anderen wechseln wir uns ab: wickeln, abends ins Bett bringen, am Anfang nachts stillen bzw. Fläschchen geben.

Samstagvormittags gehe ich mit Tim zum Babyschwimmen. Den ersten richtigen »Ehekrach« haben Alex und ich dann, als ich sage, ich wolle das nicht mehr machen, um wenigstens einmal in der Woche auszuschlafen.

Die Vorbereitung auf die Abiturprüfungen ist unter diesen Bedingungen schwierig. Ich habe ja auch noch meine Nachmittagsjobs zum Geldverdienen, meist Kinderbetreuung, wohin ich Tim mitnehme.

In die Schule nehme ich ihn manchmal auch mit, im Tragetuch. Gnadenlos wickele ich ihn auf meinem Tisch im Klassenzimmer, während des Unterrichts, natürlich die pure Provokation. Ebenso bestehe ich darauf, dass Besuche mit ihm beim Kinderarzt nicht als Fehlzeiten für mich eingetragen werden.

Ich kämpfe für meinen Status als Co-Mutter und handele mir damit ständig Ärger ein. Mein Abitur schaffe ich dann auch nur mit Ach und Krach.

Wendepunkte

Tim ist vier Jahre alt, als Alex nach Stuttgart zieht, um eine Ausbildung zu machen. Tim lebt bei ihren Eltern, einen Tag in der Woche ist er bei mir.

Ich wohne in einem möblierten Zimmer, in dem ich mich sehr einsam fühle. Die gemeinsame Wohnung haben wir aufgelöst, gehen aber davon aus, dass wir, wenn Alex nach ihrer Ausbildung zurückkommt, wieder zusammenleben werden.

Als es dann soweit ist, stimmt es für uns beide nicht mehr. Unsere Entwicklung nimmt unterschiedliche Wege. Erst einmal nehme ich ein Studium der politischen Wissenschaften an der Duisburger Uni auf und schließe mich gleich im ersten Semester der Unifrauengruppe an.

Eines Tages lädt die Unifrauengruppe die Lesbengruppe ein. Hier nun begegne ich zum ersten Mal persönlich lesbischen Frauen. Ich bin dermaßen aufgeregt, dass ich das ganze Treffen über kaum ein Wort herausbringe. Dennoch spricht mich am Ende des Treffens eine der Frauen an, ob ich Lust hätte, noch mit ihr in die Kneipe zu gehen, was ich dann auch mache. Es wird ein sehr gesprächiger, für mich aufwühlender Abend. Meine neue Bekannte amüsiert sich wohlwollend über meine Fragen und Unsicherheiten, gibt aber auch bereitwillig Antworten.

Meine Einsamkeit hat ein Ende, als ich ins Studentenwohnheim umziehe.

Dort treffe ich erneut auf jene Lesbe, mit der ich den Abend in der

Kneipe verbracht habe. Und es beginnt ein neuer Lebensabschnitt für mich. Wir treffen uns wechselseitig abends in unseren Zimmern und reden und reden. Wir spielen Gitarre und singen zusammen.
An einem dieser Abende im Sommer bricht plötzlich draußen vor dem Fenster ein Platzregen los, ein wahrer Wolkenbruch. Wir sehen uns an, laufen aus dem Zimmer, die Treppe runter, raus durch die Eingangstür und ausgelassen durch den warmen Sommerregen. Immer wieder umrunden wir den Block und kreischen, juchzen und lachen. Bis wir erschöpft und klatschnass, aber immer noch lachend ins Haus zurückkehren.
Ein Glücksgefühl, das ich nie vergesse. Ich kann den Regen noch heute spüren und die köstliche laue Sommerluft riechen.

Kurz darauf laufe ich durch Duisburg und sehe das Plakat, eine Ankündigung, die mein Leben für immer verändern wird: »Frauenwiderstandscamp im Hunsrück«. Davon habe ich noch nie gehört. Sie demonstrieren gegen die Stationierung von amerikanischen Raketen mit Atomsprengköpfen in Deutschland. Schon in drei Wochen soll das Camp stattfinden. Ich weiß sofort, da muss ich hin. Widerstand ist meine Sache. Nur mit Frauen – das ist neu.
Und ich fahre hin, mit Tim, und begebe mich dort zum Zelt der Duisburgerinnen. Ich bewege mich naturgemäß zunächst viel unter den Müttern, die mit ihren Kindern da sind. Schiele aber immer schon mal zur Berliner Gruppe rüber, die ihr Zelt nebenan hat und die so unglaublich interessant wirkt.

Die Kontakte weiten sich aus. Und schon bald bin ich mehr bei den Berlinerinnen als bei den Duisburgerinnen, die irgendwann alle abgereist sind.
Ich bleibe für die Dauer des gesamten Camps, sechs Wochen. Nach den ersten Wochen bitte ich Alex, Tim abzuholen. Es wird mir zu viel und ich werde ihm auch nicht mehr gerecht. Unsere Bedürfnisse sind zu unterschiedlich. Und ich weiß, er geht vor und ich trage die Verantwortung für ihn, aber es fällt mir immer schwerer. Alex ist darüber sehr sauer. Sie holt ihn zwar ab, aber nicht ohne mich mit einem Berg Vorwürfe zurückzulassen.
Ich will nur noch frei sein, alles zu tun, wozu ich Lust habe.
Als Tim dann fort ist, ziehe ich um zu einer Gruppe Frauen aus dem Camp, die direkt am Stationierungsort der Cruise-Missiles der Amerikaner campieren. Sie wollen mit Rückhalt des Camps Widerstand vor Ort demonstrieren. Wir leben sehr provisorisch in einem selbstgebauten Unterstand, abgedeckt mit Planen und ausgestattet mit Holzbänken und Tischen. Hier essen wir, hier diskutieren und planen wir. Nachts schlafen wir im Schlafsack direkt am Zaun. Manchmal dreht Hedda abends die Anlage in ihrem Auto auf und Gianna Nannini dröhnt über den Platz mit ihrem »America«.
An den Wochenenden sind Hunderte von Frauen im Camp. Eine gewaltige Welle bricht da los, an Demonstrationen und unzähligen Aktionen. Die Presse verfolgt das und begierig stürzen wir uns auf jeden Bericht. Eine kleine Delegation wird sogar ins Fernsehen in eine Diskussionsrunde eingeladen.

Wir teilen Visionen von Frieden, Abrüstung und auch von anderen Lebensformen, vom Aufbrechen von Zweierbeziehungen und vielfältigen Beziehungen. Von Besitzlosigkeit bzw. Gemeineigentum. Gemeinsames Haushalten mit gemeinsamem Geld, allen gehört alles.
Einige ziehen dauerhaft vor Ort, leben Widerstand und Selbstversorgung auf dem Land.
Nach diesem ersten Camp gehe ich 1983 nach Berlin. Genauer gesagt: nach West-Berlin.
Alex verzeiht mir das nie, bis heute nicht. Alle späteren Versuche einer Versöhnung schlagen fehl.
Die Beziehung zu Tim auf Dauer aufrechtzuerhalten, gelingt mir ebenso wenig – ein Verlust, der lange schmerzt. Das nagende Schuldgefühl, ihn im Stich gelassen zu haben, überdauert noch länger.
Nie mehr will ich zu Kindern eine Bindung eingehen, aus Angst, mich erneut schuldig zu machen. Und ich tue es dennoch, viel später und sehr vorsichtig zu den Kindern, mit denen ich fünf Jahre in einer WG zusammenlebe.
Bis dahin ist es noch ein weiter Weg. Tatsächlich sind die Jahre nach meinem Weggang aus dem Elternhaus, inklusive der ersten beiden Jahre in Berlin, die einzigen, in denen ich angstfrei bin.

Ankunft in Berlin

Ich weiß noch genau, wie es war, zum ersten Mal nach Berlin zu kommen, damals Anfang der 1980er-Jahre. Mit Mitfahrgelegenheit, im Auto mit lauter Fremden. Es ist die Zeit der Hausbesetzungen, die Friedensbewegung befindet sich auf einem Höhepunkt, die Frauenbewegung, in den 70er-Jahren erstarkt, ebenfalls. Die Zeit von Tina Thürmer-Rohr, Ausserhalb, den Flying Lesbians, Ton Steine Scherben, BAP und Boots. Aufbruchsstimmung und mein persönlicher Aufbruch, weg aus Duisburg, der Stadt, in der ich aufgewachsen bin.
Die Transitstrecke, faszinierend und etwas unheimlich. Mir war nie klar gewesen, dass die Fahrt Stunden dauert. Nachdem die Grenzkontrolle passiert ist, geht es hinein in die Stadt. Lichter überall, breite Straßen. Es ist ein lauer Spätsommerabend, die Wagenfenster sind geöffnet, die Luft weht herein, ein ganz bestimmter Geruch, eine verheißungsvolle Atmosphäre, aufregend. Menschen auf den Straßen, überall Leben. Ein Gefühl von Freiheit durchströmt mich. Und dann meine erste Adresse, Nollendorfplatz, wo ich erwartet werde.
Große Altbauwohnung, langer Flur, Zimmer mit Hochbett, WG-Küche. Zu Fuß gehen wir los durch diese Sommernacht bis zum Gleisdreieck und bis zum Frauenzentrum in der Stresemannstraße. Zu einem Treffen mit anschließendem Vollmondfest. »Guck mal!«, sagt sie, »eine U-Bahn, die als Hochbahn fährt.« Sie, meine Gastgeberin, Führerin und erste

Geliebte, die nach Zimt und Vanille duftet und meine Hand hält. Die Begegnung mit ihr, auch ein erstes Mal. Die erste Frau, mit der ich Sex habe.
Eine Offenbarung, damals mit Anfang zwanzig. Die Männer, mit denen ich es versuchte, attestierten mir Gefühlskälte und Unnahbarkeit. Und ich fühlte mich fremd, falsch im eigenen Körper und im Liebesakt.
Doch dann unter nächtlichem Sternenhimmel, da stimmt plötzlich alles. Und ich erkenne mit meinen einundzwanzig Jahren: Ich bin ja ganz anders, vollständig, mit allen Gefühlen, aller Lust, aller Freude, voller Zärtlichkeit und Wärme. Nichts von dem, was mir nachgesagt wurde und ich zu glauben bereit war, hat Bestand. Es ist nicht wahr.
Ich lerne sie kennen im Frauenwiderstandscamp. Nachts treffen wir uns draußen neben dem Zelt. Öffnen unsere Schlafsäcke und breiten sie über uns aus. Und das Fest kann beginnen. Und nun finde ich mich hier wieder mit ihr in dieser fremden Stadt, die für viele Jahre meine Heimat werden soll.
Innerhalb von drei Wochen finde ich eine Wohnung, fahre nur noch kurz nach Duisburg zurück, um zu packen.

Nach diesem Aufbruch kommt die Realität in Berlin.
Erste Wohnung: Hinterhof, Parterre, Ofenheizung, Außenklo in einem ersten bitterkalten Winter. Die Frauen, die ich im Frauenwiderstandscamp kennengelernt und die mich alle gedrängt haben: »Zieh doch nach Berlin!«, sie haben keine Zeit, sind verschwunden in ihrem Alltag, in ihrer Arbeit usw. Die

Geliebte entpuppt sich als Partnerin in einer festen Beziehung zu einem Mann und will nichts mehr von mir wissen.
Ich finde keinen Job, habe kaum Geld, schaffe es nicht zur Uni, in der ich mich eingeschrieben habe, für das Studium der politischen Wissenschaften. Schaffe es nicht, die Wohnung einzurichten, zu renovieren. Schaffe es nicht aus dem Bett morgens und könnte niemanden erklären, warum nicht, weiß es selbst nicht. Schäme mich nur.
Ich schreibe Lieder, spiele dazu Gitarre:

traumbeladener Morgen
Sehnsucht nach Kaffee und Wärme
Sehnsucht nach einer heilen Welt
nur nicht hinaus ins Leben müssen
nur nicht erfrieren in dieser kalten Welt

so sitzen wir im Garten hier
unserer verlorenen Träume
schauen uns voll Wehmut an
und rütteln an den Zäunen
Wunden, die nie ganz verheilen
eine jede hat ihren Schmerz
und die Fassaden bröckeln ab
Stein und Stein
und immer, immer wieder raffst du dich auf
kämpfst mit deiner ganzen Kraft
den Mut nicht zu verlieren

So sind erste Male voller Zauber oder auch Härte. Manchmal folgt Ernüchterung.
Nach meinem Umzug in eine Hausgemeinschaft mit zehn Lesben verbessert sich meine Situation entschieden.

Es werden zwanzig Jahre Berlin mit meiner schlimmsten Krise und tausend Höhen, meiner Entwicklung in ein Erwachsenenleben.
Berlin bedeutet für mich die Therapie, die mir zum Durchbruch verhilft.
Die WGs, in denen ich glücklich bin.
Freitagabende im *Sub*.
Das erste Mal an der Mauer, Stacheldraht und Graffiti betrachtend.
U-Bahn fahren durch Geisterbahnhöfe und an Punkte kommen, an denen es nicht weitergeht.
Später dann die erste Frauen WG.
Gartengemeinschaft mit Frauen.
Selbsthilfegruppen.
Lesbenchor.
Meine ersten Schritte in ein geregeltes Arbeitsleben.
Und vieles mehr.

An meinem 35. Geburtstag fahre ich zum ersten Mal in meinem Leben auf Schlittschuhen, auf einem zugefrorenen Berliner See mit meiner WG und Freundinnen. Freya aus meiner WG hat vorher mit mir im Tiergarten auf den zugefrorenen Wasserflächen geübt. Aus ihren Rucksäcken holen die Frauen Thermoskannen mit heißem Tee und Kaffee. Ich bin vollkommen überrascht, mit einem Kaffeekränzchen hier draußen mitten im Winter auf dem Eis hatte ich nicht gerechnet. Marlene zaubert eine echte Torte aus ihrem Rucksack mit Kerzen darauf. Sie zündet sie an und fährt mir damit über die Eisfläche entgegen.

Als es dann nach dem Mauerfall möglich wird, ins Umland von Berlin zu fahren, an die Seen und bis zum Meer, einfach so, ist da ein Staunen und Wundern. Nun kommen viele Menschen aus der ehemaligen DDR zum ersten Mal nach Westberlin. Mit einer ganz anderen Perspektive und Motivation als ich ehemals.
Von der Veränderung der Stadt ebenso überrascht wie von meiner eigenen, bewege ich mich fortan ebenso auf vertrautem wie auf neuem, unbekanntem Grund. Räume, innere wie äußere, erweitern sich, nehmen Gestalt und Form an, die sich niemand hätte vorstellen können.
Gesellschaft im Wandel. Das Leben in Spiralen von ersten Erschütterungen über erste Abschiede bis hin zu Aufbrüchen und Neuanfängen.
Ende des Inseldaseins.

Doch zunächst, nach den ersten zwei Jahren, kommt der große Zusammenbruch – Zustände, die ich nicht kenne, die ich nicht verstehe. Was ist bloß los mit mir?

Panik

Ich bin dreiundzwanzig Jahre alt. Seit zwei Jahren lebe ich in Berlin.
Die erste Panikattacke kommt aus heiterem Himmel. Ich bin mit den Frauen aus meiner ersten Frauen-WG unterwegs. Wir sind auf dem Heimweg nach einem Abend im *Sub*, dem Ort, an dem sich die Lesbenszene trifft. Eine Art Stammkneipe mit Tanzfläche. Die Bezeichnung leitet sich ab von »Subkultur«, was eine Gegen- oder eigene Kultur einer Minderheit innerhalb der Gesellschaft benennt. Wir haben getanzt, getrunken und uns vergnügt. Von der U-Bahn kommend, biegen wir in unsere Straße ein.

Plötzlich reißt der Boden vor mir auf. Und ich stürze und stürze und weiß nicht wohin. Schweißausbrüche, Herzrasen und eine bodenlose Angst, wie ich sie nicht kenne. Britta und Gerda haken mich unter. In der Wohnung angekommen, bugsieren sie mich in einen Sessel. Nachdem ich mich beruhigt habe, bin ich wie erstarrt. Sie sitzen alle um mich herum und fragen, was los ist. Ich kann nicht antworten. Bin wie gelähmt. Ich weiß nur mit absoluter Gewissheit, dass von nun an nichts mehr sein wird wie vorher. Etwas ist geschehen, was, weiß ich nicht und kann es auch nicht erklären. Etwas, das unumkehrbar ist und mein Leben in den Grundfesten erschüttert.
An nichts konnte ich mich erinnern, die ersten zehn Lebensjahre weg, komplett, ein offenes Fragezeichen, eine Leerstelle. Nicht

mal an schöne Dinge, an Banales, an Schule oder Kindergarten.
Und dann brechen alle Dämme, es überrollt mich.
Wirft mich in Abgründe, die ich nicht kannte, haut mich von der Straße.
Nichts ist mehr wie vorher.
Wie war – vorher? Neben aller Aktivität und Verbundenheit mit Anderen, war da auch eine unerklärliche Lähmung, Handlungshemmung, Unfähigkeit, diffuses Unwohlsein, eine schwere Last. Nicht aufstehen wollen oder können. Es nicht zur Uni schaffen. Nicht wissen, wie ich leben soll. Was aus mir werden soll.
Aber das nun ist eine ganz neue Dimension. Und diese Unerklärbarkeit, nicht zu wissen, was los ist, es nicht einordnen zu können in mein Erleben.

Noch mehr Panik

Ich komme aus der U-Bahn.
Mir ist schwindlig.
Die ganze Straße wackelt.
Ich schrumpfe, der Boden kommt immer näher auf mich zu.
Einen Moment denke ich, mein Herz setzt aus.
Dann spüre ich einen Schlag auf den Kopf.
Wo kann ich mich festhalten?

Traue mich nicht zu atmen.
Mein Herz flattert nur so dahin.
Kann meine Beine nicht vorwärtsbewegen, schwitze, stehe da.
Hoffe nur, dass es vorübergeht, nicht schlimmer wird.
Beim nächsten Atemzug überspringt mein Herz sich selbst
und rast wieder flatternd davon.
Es dröhnt mir im Kopf, ein Sausen in den Ohren.
Das Straßenbild wird immer enger,
flackernde Punkte vor meinen Augen,
die immer dichter zusammenrücken.
Aus, vorbei, schwarz vor meinen Augen.
Ich sehe nichts mehr.
Kralle mich an eine Laterne.
Bringe es fertig, vorsichtig und ruhig zu atmen,
bis mein Herz sich beruhigt, ich wieder deutlich sehe,
alles wieder da ist.
Ganz langsam gehe ich weiter, zitternd. Wird es mir nach
drei Schritten wieder so ergehen?
Komme ich noch bis nach Hause?
Will gar nicht in die Wohnung, den Räumen, der Einsamkeit
ausgeliefert.
Hier auf der Straße kann ich auch nicht bleiben.
Wo soll ich hin?
Warum ist niemand bei mir?

Erinnern

Erinnerungen überfluten mich
das Gefühl, die Welt müsste stehenbleiben, stillstehen,
anhalten, es kann nicht sein, dass alles so weitergeht und alle
weitermachen, als sei nichts geschehen
ähnlich einem Tod, wenn ein geliebter Mensch stirbt oder
fortgeht
nicht mehr alleine unterwegs sein können, das, was sich da
Bahn bricht, nicht aushalten können, mich selbst nicht mehr
kennen, mir selbst nicht trauen, den eigenen Schritten, Angst
vor jedem neuen Tag und erst recht vor den Nächten
ich habe die Schatten um deine Augen gesehen
und deinen großen, offenen Blick
schön sind sie, deine Augen
in der Nacht halten sie Bilder verborgen
und die Angst, die eingeschlossen in dir wühlt
die Träume der Nacht fernhalten
die schwarzen Schatten weichen dem Licht des Tages
morgens, wenn die Welt sich wieder zusammensetzt
das Leben und die Umgebung sich als die Gegenwärtigen
entpuppen
ist der Bann gebrochen
dennoch etwas bleibt und prägt den Tag
verleiht ihm den Titel »Vorsicht«
und dann geht nichts mehr

nicht mehr aufstehen können
nicht mehr Tee kochen können
festsitzen in der Wohnung
für fünf lange Jahre

Therapie, Therapie

Berlin	1983 – 2002
Psychotherapie	1986 – 1989
Therapeutische Wohngemeinschaft	1986 – 1987
Psychotherapie	1990 – 2000
Betreutes Einzelwohnen	1993 – 1994
Stationärer Klinikaufenthalt	Dez. 1993 – Mai 1994
Therapeutische Wohngemeinschaft	1994 – 1996
Verhaltenstherapie	Febr. 2002 – Juli 2002
Frankfurt am Main	2002 – 2010
Akutklinik Trauma-Station	Sept. 2004 – Okt. 2004
Klinik Traumatherapie	Febr. 2005 – Juni 2005
Psychotherapie	2006 – 2007

Bremen	seit Juli 2010
Psychotherapie	2010 – 2014
Klinik	Sept. – Nov. 2012
Ambulante Unterstützung	2013 und 2014
Tagesklinik	Juni – Sept. 2013
Klinik Traumatherapie	Dez. 2014 – Febr. 2015
Ambulante Traumatherapie in Bremen und Dresden	2017 und 2018
Selbsthilfegruppen	1984 – 1985 1991 – 1993 1994 – 1997

Die Therapeutinnen

bei der ersten habe ich sprechen gelernt
von der zweiten die Liebe zu den Menschen
eine hat mir gezeigt, dass ich nicht mehr Opfer bin
und eine andere, dass auch Auseinandersetzungen
heilsam sein können
die letzte, für die ich weit gereist bin, sagt frech: »Na und?«
zeigt mir: Leben ist nicht nur Trauma, es darf auch leicht sein
»geben Sie sich nicht zufrieden
es wäre schade um Ihr Leben«
inspiriert haben mich alle

Hommage

ich trage als Schätze in mir Momente, in denen ihr Blick auf meinen trifft, warm und voller Licht.
wie auf die Rinde eines Baumstammes im Schatten.
Licht, das die Strukturen erkennen lässt, die Fasern erwärmt, den Saft lockt und zum Fließen bringt, der in wiedererweckter Lebendigkeit nach oben steigt, Blüten treibt und zarte grüne Blätter.
ihr Lachen, erfrischend wie das Perlen von Wasser auf meine alten Wunden, macht mir Mut.
auch Klarheit und Abgrenzung, die mir Raum schaffen
zum Atmen
zum Anderssein
mit ihrer Begleitung gehe ich auf den Grund meiner Angst, bewege mich gleichzeitig von ihr weg und beginne, diesem Wagnis zu trauen.
ich, ein Fass ohne Boden, finde mein Handwerkszeug, nehme ihre Hilfe an, rüttele an den morschen Brettern und säge und hämmere zusammen mit ihr an einem neuen Boden, was das Zeug hält.
harte Arbeit.
wenn die alten Wunden wieder aufbrechen, wenn die Schatten mich wieder einholen, dann, hoffe ich, werde ich mich erinnern, wie sie ein Stück meines Weges mit mir gegangen ist.

ich habe mich geöffnet.
sie hat mich kennengelernt.
gemeinsam haben wir eine Beziehung geschaffen.
Liebe und das Verlangen, nicht nur zu überleben, haben mir dies möglich gemacht.

Eingesperrt

Während dieser Jahre zog meine damalige Liebste zu mir. Ich wohnte in einer Zwei-Zimmer-Wohnung, ursprünglich mit einer Freundin zusammen, die inzwischen ausgezogen war. Und nun lebte ich hier mit Sophie. Sie versorgte mich in dieser Zeit, in jeder Hinsicht. Sie kaufte ein, holte die Kohlen aus dem Keller, die Post aus dem Briefkasten, erledigte alles Notwendige.
Es war die schlimmste Zeit meines Erwachsenenlebens. Überflutet von Erinnerungen und Panik, vor Angst gelähmt und völlig verzweifelt. Alleine und ohne Alkohol hielt ich es nicht aus. So sorgte ich stets dafür, dass ich, bevor Sophie zur Arbeit ging, den entsprechenden Alkoholpegel hatte, um die Stunden vor dem Fernseher zu überbrücken. Abends tranken wir dann gemeinsam. Wir hatten immer noch Kontakt zu einigen wenigen Freundinnen, die manchmal zu Besuch kamen. Oder mit denen ich telefonierte. Aber die meiste Zeit waren wir alleine. Wir verbrachten viel Zeit mit stricken, reden, lesen, über Bücher sprechen, Musik hören. Und mit Krisenbewältigung meiner Zustände. Dennoch war ich auch für Sophie eine emotionale Stütze. Sie bewahrte mich vor einer Psychiatriekarriere. Die Psychiatrie – das war ein Ort, an den ich auf keinen Fall wollte. Gleichzeitig war die Situation in dieser Abhängigkeit unerträglich. Und ich verkannte das Ausmaß von Sophies eigenen Problemen mit dem Leben. Wir stützten und blockierten uns gleichermaßen. Das kann ich heute sehen.

Ein Besuch in dieser Zeit war von ganz besonderer Bedeutung für mich. Eloy, einst gute Freundin und Nachbarin in dem Zehn-Parteien-Lesben-Haus, in dem ich gewohnt hatte, war vor Jahren nach Australien ausgewandert. Nun war sie zu Besuch in Deutschland und kam zu mir.

Abgesehen von der Freude sie wiederzusehen, war ihre vorurteilsfreie Art, mir zuzuhören, Balsam für meine Seele. Sie wertete nicht und sie urteilte nicht. Sie erzählte mir von ihren schwierigen Anfängen in Australien. Wie einsam sie im ersten Jahr, wie groß ihr Heimweh gewesen war. Als sie fortgegangen war, hatte sie kein Wort Englisch gesprochen. Es beeindruckte mich sehr, wie sie sich Stück für Stück ein neues Leben aufgebaut hatte. Sie lernte die Sprache, schlug sich mit Gelegenheitsjobs durch, machte sich zunehmend mit Land und Leuten vertraut, verankerte sich in der Lesbenszene. Inzwischen studierte sie Sozialpädagogik und arbeitete mit Leidenschaft in einem Frauenprojekt. Was ihr Halt gab, so erzählte sie, war eine Selbsthilfegruppe, der sie sich angeschlossen hatte. Überhaupt sei es wichtig gewesen, nicht zu stolz zu sein, sich Hilfe zu holen. Es sind die Verbindungen zu anderen Menschen, zu gleichermaßen Betroffenen und Gleichgesinnten, die tragen – das war ihre Erfahrung. Als sie begriff, dass ich es tatsächlich nicht schaffte, die Wohnung zu verlassen, sagte sie schlicht: »Wenn du nicht zu den Frauen kommst, müssen die Frauen eben zu dir kommen.« Und sie brachte sie mir ins Haus in Form eines Buches, das für mich bahnbrechend war. Es ist eines der wichtigsten Geschenke, die ich in meinem Leben erhalten habe.

»The Courage to Heal«, so der englische Originaltitel, der mir immer noch weit besser gefällt als das deutsche »Trotz allem«.
In dem Buch erzählen Frauen von ihrem Weg heraus aus der Erschütterung, sexualisierte Gewalt erlebt zu haben. Sie beschreiben ihre Krisen, ihre Hindernisse, das, was ihnen hilft, wie sie sich selbst geholfen haben, wie sie ausdauernd und kreativ nach einem Weg suchten, ein gutes Leben zu führen mit sich und mit ihren PartnerInnen.
Diese Geschichten weckten in mir die alles entscheidende Sehnsucht, auf gesunde Art aus meinem Leiden herauszukommen. Sie gaben mir enorme Motivation und Kraft. Ermutigten mich, dass auch ich es schaffen kann. Ich wusste, dass ich mit dem Trinken aufhören musste. Einer der schlimmsten Momente war der, als ich merkte, dass der Alkohol nicht mehr half. Nun stand mein Entschluss, mit dem Trinken aufzuhören, fest, auch wenn es noch eine Weile dauerte, bis ich das umsetzen konnte. Ich begab mich auf die Suche nach einer Therapeutin. Es war noch ein weiter Weg, bis ich aus der Wohnung kam, aber es waren die Anfänge aus der Aussichtslosigkeit.

Mit Beginn der Therapie gab es allmählich Veränderungen. Ich holte mir zusätzlich Hilfe beim betreuten Einzelwohnen. Und hatte das unglaubliche Glück, eine ganz tolle, unkonventionelle, enorm herzliche und einfühlsame Einzelfallhelferin an meiner Seite zu haben. Sie half mir unter anderem, eine Mitarbeiterin des Sozialamtes zu mir in die Wohnung zu holen, so dass ich von da an Sozialhilfe bekam. Zuvor hatte ich mit von Sophies Geld gelebt.

Außerdem begann ich, Nachhilfeunterricht in Englisch und Deutsch zu geben. Die SchülerInnen kamen zu mir. Sie waren zwischen zwölf und vierzehn Jahre alt, also in der Regel in der sechsten bis achten Klassenstufe. Einmal begleitete ich ein Mädchen zum Hauptschulabschluss. Und ich gründete eine Selbsthilfegruppe, die ebenfalls bei mir stattfand. Das war meine Bedingung, auf die sich die anderen Frauen zum Glück einließen. Ich schrieb Tagebuch und begann zu malen. Ich experimentierte und probierte mit allem, was mich ansprach und von dem ich hoffte, dass es mir hilft. So malte ich, als Rechtshänderin, eine Weile mit links, um dem Kind in mir, das so sehr litt, eine Ausdrucksmöglichkeit zu geben. Es war erstaunlich, was da zu Tage kam. Kinderbilder und Sätze in Kindersprache.

Mit all diesen Hilfen, und vor allem durch die Bearbeitung meiner Traumata in der Therapie und durch die Unterstützung der Therapeutin, war ich dann nach drei weiteren Jahren in der Lage, in eine psychosomatische Klinik zu gehen, die auf Angststörungen spezialisiert war.

Fünf Jahre Berliner Hinterhof

Fünfmal vier Jahreszeiten

Sommer
der Sommer zieht vorbei
was erreicht mich hinter meinen Mauern
eine Ahnung von Vogelkreischen im Himmel
Geräusche der Nachbarn bei offenem Fenster
damit verbundener Alltag, Leben unerreichbar für mich
ein Hauch von warmer Luft weht herein
die Sonne schafft es nicht bis in diesen Hinterhof
es fehlt an Licht
mein Blick auf Mauern

Herbst
alles hört sich schon herbstlich an
die Schritte der Nachbarn im Hof morgens um halb sechs
es ist ruhig, verregnet
ich weiß nicht mehr weiter, wohin mit mir
morgen habe ich Therapie
ich kann nicht schlafen, habe nur noch Angst
es ist die Hölle, seit Wochen
ich rauche nicht mehr, trinke nicht mehr, auch keinen Kaffee
ich bin so verzweifelt, kopflos innerlich
die Qual hört nicht auf, das Leiden hört nicht auf

ich will nicht mehr leiden
und für alles gebe ich mir die Schuld, dass ich nicht schon weiter bin
und dann wird's noch schlimmer, wenn ich so schlecht denke über mich
ich kann doch nichts dafür
ich mache mir solche Sorgen
morgen kommt meine Therapeutin, ob sie mir helfen kann
vielleicht ist alles ja nur Schmerz
ein einziger, großer Schmerz, und ich werde ihn nicht los

Winter
ich werde überleben und mehr als das
ich werde da durchkommen
ich nehme mich an die Hand und sage:
»Komm, komm raus da, du musst da nicht sein«
don't give up
das Leben ist stärker
ich atme

Frühling
Angst vor jedem neuen Tag
Angst vor jeder Stunde
vor jedem nächsten Moment
ich kann nicht allein sein

Wo warst du, als die Mauer fiel?

fünf Jahre Blick auf Mauern
fünf Jahre Berliner Hinterhof
fünf Sommer
fünf Winter
fünfmal vier Jahreswechsel
nicht zu erkennen an Bäumen, am Himmel,
an Licht und Farben
nur in Verbindung mit Kalender, Uhrzeit,
Temperaturunterschieden beim Lüften und Heizen,
beim Einschalten des Radios
Maueröffnung, während ich auf Mauern starre
nur im Fernsehen gesehen
die Welt im Umbruch, in Bewegung, während ich festsitze
Blick in den Fernseher ohne Teilhabe, die Verbindung zur
Welt, die ich nicht spüren kann
das Wort Freiheit in aller Munde
Freude, Jubel, alle feiern, strömen zur Grenze, zur Mauer,
klettern darüber, kein Hindernis mehr
ich schaff's weder zum Briefkasten noch die Kohlen aus dem
Keller zu holen
Verzweiflung
eine Freundin klingelt, stürmt begeistert herein
»Wisst ihr nicht, was los ist? Ich muss wieder los zur
Oberbaumbrücke!«

fremd, wie geht das, wie schaffen es Menschen
sich zu bewegen, ihren Körper, von A nach B
ohne Angst auseinanderzufallen
ohne sich gefährdet zu sehen
wie können sie so sicher sein

Der Weg hinaus

Die Suche

»Ich suche eine Therapeutin. Ich leide so stark unter Angstzuständen, dass ich die Wohnung nicht verlassen kann. Ich brauche also eine Therapeutin, die zu mir kommt. Wären Sie dazu bereit, zumindest zu einem Vorgespräch?«

»Nein, das geht so nicht.«

»Das wäre falsch.«

»Nein, eine Klientin muss immer zur Therapeutin kommen, nicht umgekehrt.«

»Nein, ich möchte Ihr System nicht stützen.«

»Nein, wer wirklich Therapie machen will, schafft es auch, dahin zu kommen.«

Ein Vierteljahr und etliche Anrufe später:

»Ich suche eine Therapeutin. Ich leide so stark unter Angstzuständen, dass ich die Wohnung nicht verlassen kann. Ich brauche also eine Therapeutin, die zu mir kommt. Wären Sie dazu bereit, zumindest zu einem Vorgespräch?«

»Ja.«

»Ja? Sagten Sie ja?«

»Ja!«

Die Erste, die einfach nur ja gesagt hat.

»Ja!«

Das Vorgespräch

»Ich schaffe es seit zwei Jahren nicht aus dem Haus, außerdem trinke ich, habe ein Alkoholproblem. Würden Sie trotzdem eine Therapie mit mir anfangen?«

»Ja, wenn Sie wollen, helfe ich Ihnen.«

Und sie half. Sie kam drei Jahre lang zu mir. Hat immer an mich geglaubt und nie Druck gemacht. Sie war meine Rettung. Die erste Traumatherapie, die damals noch nicht als solche benannt wurde, hat bei mir den Grundstein für alles Weitere gelegt.

Damit begann für mich der Weg hinaus.

Irgendwann war ich soweit, mit der Therapeutin vor die Tür und über die Straße zu gehen, zum Friedhof gegenüber.

Dort suchten wir uns ein Stück Wiese und hielten, auf dem Boden sitzend, die Therapiestunde ab. Einige Schlüsselerkenntnisse hatte ich dort, sie sind in mir verankert in Verbindung mit Sonne auf der Haut und Vogelgezwitscher und einem leichten Wind.

Der weitere Weg

hinein in die Klinik war für mich hinauskommen
ein halbes Jahr akribisch Tagebuch geführt über jeden Schritt
im Klinikgarten zehn Schritte gegangen
fünf Schritte links vom Haus
dann wieder nur drei nach rechts
was gestern gut ging, geht heute nicht
aber morgen geht mehr
danach ins Bett gefallen und drei Stunden geschlafen
nichts ist selbstverständlich
Entwicklung niemals linear
heute zwei Bäume weiter gegangen
nachmittags um die Ecke
Briefkasten erreicht und Post eingeworfen
nach fünf Wochen Bushaltestelle erreicht
zum ersten Mal wieder den Mond gesehen
sogar zum See gelaufen mit den anderen
ausgehalten, dort auf der Bank zu sitzen für eine Weile
Vogelgezwitscher gehört
die Luft gerochen
nach Jahren im Café gesessen
den Rückweg geschafft
drei U-Bahn-Stationen gefahren
zwei in Begleitung, eine allein
bei Jaletzke Honig gekauft

ich spreche mit Menschen
ich kaufe ein
ich bin dabei, ich nehme am Leben teil
heute bis Hagenplatz
gestern sogar Kudamm
mit Medikament und Taxi sogar nach Neukölln
Hoffnung auf Kino
Rad fahren – eines Tages wieder?

Wohngemeinschaft

Nach zwei Jahren, in denen ich im Anschluss an meinen Klinikaufenthalt in einer therapeutischen WG gewohnt habe, mache ich mich wieder auf die Suche nach einer »normalen« Frauen-WG. Die Zeiten der lesbischen Hausgemeinschaft und meiner darauffolgenden ersten Frauen-WG sind lange her. Fast fünfzehn Jahre sind seitdem vergangen. Die Suche jetzt ist nicht einfach. Wie soll ich mich darstellen, ohne potentielle Mitbewohnerinnen abzuschrecken?

Anfangs erzähle ich mit großer Offenheit, woher ich komme. Das gebe ich dann aber relativ schnell auf. Verständlicherweise werden mir Misstrauen und Befürchtungen entgegengebracht. Ab jetzt erzähle ich nichts mehr vom therapeutischen Rahmen, sondern lediglich, dass ich aus einer WG komme, in der von Anfang an klar war, dass ich nur begrenzt bleiben kann, also eine Übergangslösung, nach einer Trennung. Was ja nicht falsch ist, aber eben nur die halbe Wahrheit.
Und so finde ich schließlich mein neues Zuhause: eine wunderbare Frauen-WG, vier Frauen und zwei Kinder. Glücklicherweise ist die Sympathie gegenseitig. Ich fühle mich dort bereits beim ersten Treffen wohl und weiß, hier möchte ich hin. Das ist ein Zuhause zum Ankommen. Da bin ich mir sicher.

Eine gelb gestrichene, geräumige Küche mit einem großen Holztisch und einer Bank auf der einen Tischseite dominiert die WG. Hier ist gleich die Handwerkerin Freya zu spüren, die Mutter der beiden Kinder, die eine wunderschöne, geschwungene Arbeitsplatte selbst gebaut und in die Küche eingebracht hat. Ursprünglich waren es zwei Wohnungen, die irgendwann zu einer zusammengelegt wurden, die sich nun über die gesamte Etage zieht. Beim Eintritt durch die doppelte Eingangstür empfängt mich stets ein angenehmer, für mich einladender Geruch, der in den Räumen liegt. Der Flur zieht sich lang und verwinkelt bis zu den hinteren Zimmern. Es gibt eine Gästetoilette und ein Bad mit zwei Duschen und zwei Waschbecken. Was für ein Luxus!
Und wir verstehen uns auf Anhieb, teilen eine feministische und ökologische Weltanschauung und, was vielleicht noch viel wichtiger ist, eine bestimmte Art von Humor. So sitzen wir bald in angeregtem Gespräch um den Küchentisch.
Die Fenster gehen zum Hinterhof raus, der Blick in grüne Bäume. Im Hof steht eine Tischtennisplatte, an der ich mir in den kommenden Jahren an vielen Abenden mit Gudrun ein Match liefern werde. Wir verspielen dabei in hohem Tempo die Anstrengungen des Tages mit rasanten Schmetterbällen, agieren uns lustvoll aus. Anschließend rauchen wir die letzte Zigarette des Abends auf der Bank. In der Wohnung wird nicht geraucht. Schließlich gebe ich das Rauchen ganz auf. Und begleite Gudrun nur noch zu ihrem letzten Suchtstängel für den Tag.

Mit Gudrun, die aus dem Rheinland stammt, spreche ich die gleiche Sprache. Freya mit ihrer wortkargen norddeutschen Art ist etwas gewöhnungsbedürftig, aber, nachdem ich sie besser kennengelernt habe, sehr herzlich und solidarisch. Elli kommt aus dem Süden Deutschlands, mit entsprechend süßlichem Akzent, den ihre impulsive, manchmal heftige Art Lügen straft – eine bunte Mischung hat sich hier zusammengefunden, die sich in unserem Fall gut ergänzt.

Eine neue Zeit beginnt. Fünf Jahre werden wir zusammenleben. Nach und nach erzähle ich mehr von mir und meinem Werdegang. Die Frauen bekunden Verständnis, dass ich damit am Anfang vorsichtig war. Inzwischen kennen sie mich. Keine sieht mich als krank an, obwohl sie meine Angststörung ja im Alltag mitbekommen. Dennoch bleiben wir auf Augenhöhe und ich bin integriert, auch mit meinen besonderen Einschränkungen.

Da, wo es ihnen möglich ist, unterstützen sie mich, ohne mir etwas abzunehmen. Das ist sehr heilsam für mich und eine wunderschöne Erfahrung.

Das Zusammenleben mit den Kindern gestaltet sich nach meiner anfänglichen Zurückhaltung als überaus bereichernd. Ich genieße es, wenn sie am Wochenende morgens zu mir ins Bett schlüpfen zum Vorlesen.

Hanna, das Mädchen, ist zwei Jahre alt, als ich einziehe.

Joshua ist fünf. Mit ihm gehe ich regelmäßig schwimmen.

Etwas, was wir beide gern tun. Wir haben so unser Ritual:

Auf dem Rückweg geht's immer zu dem gleichen Kiosk und ich gebe eine Süßigkeit aus.

Hanna ist ein echtes Power-Paket und für ihre nüchterne Mutter eine Herausforderung. Ich sehe in ihr etwas von meinem eigenen Wesen. Sie ist unglaublich mitteilsam, sprüht vor Begeisterung, reagiert laut und verletzt, wenn sie eine Zurückweisung erfährt. Sie liebt es, samstags beim Wohnungsputz mitzumachen. Als sie an einem Samstag mit Freya morgens zum Einkaufen geht und beim Zurückkommen sieht, dass wir mit dem Putzen schon fertig sind, schluchzt sie heftig und schleudert uns entgegen: »Ihr seid so gemein! Ich wollte mitputzen!«
Ich werde auch nie vergessen, wie ich ein anderes Mal ins Bad komme und sehe, wie Hanna hingebungsvoll die Toilette mit ihrer Zahnbürste schrubbt.

Perspektiven

In dieser Zeit beginne ich meinen Berufsweg. Zunächst mit einem Berufsorientierungskurs für Frauen, acht Stunden pro Tag, fünf Tage die Woche, drei Monate lang.
Zu Beginn weiß ich überhaupt nicht, was ich machen will, welche Möglichkeiten ich habe. Die Kursleiterinnen sind einfach klasse, der Kurs ist hervorragend strukturiert. Besonders eindrücklich ist, wie sie im ersten Drittel mit uns die Stärken und Vorlieben jeder einzelnen Frau zutage fördern.
Im Laufe des Kurses finde ich eine Richtung. Mir ist klar, auf keinen Fall möchte ich etwas Soziales oder Pädagogisches machen. Das traue ich mir nicht zu und stelle es mir viel zu belastend vor. Es soll etwas Sachbezogenes sein, ein Handwerk vielleicht.
In der Gruppe erarbeiten wir gemeinsam für jede ihren Lebenslauf für die Bewerbungsunterlagen. Meine Basis bis heute.
Im Anschluss besteht die Möglichkeit, eine geförderte Maßnahme der Stadt zur Berufsvorbereitung zu machen. Bei der Suche nach einem Träger mit geeignetem Arbeitsfeld stoße ich auf das Projekt »Frauen und Solartechnik«. Sofort bin ich fasziniert von der Möglichkeit, aus Sonnenenergie Strom und Wärme zu erzeugen. Das interessiert mich. Das Projekt geht über eineinhalb Jahre. Wir lernen in der Werkstatt handwerkliche Grundlagen, bauen Solarkollektoren und installieren sie in städtischen Gebäuden.

Das erste halbe Jahr ist für mich jeden Morgen die Hölle. Massive Panikattacken begleiten mich auf dem Weg zur Werkstatt.
Die Wege zu den einzelnen Baustellen sind erst recht eine Herausforderung. Ich sage mir: Das ist jetzt deine Aufgabe, jeden Tag dorthin zu gelangen. Das und nichts anderes ist jetzt wichtig. Oft bin ich so erschöpft, dass ich mich während des Tages heimlich in den Umkleideraum verdrücke. Dort steht eine Liege. Und ich kann nicht anders, als mich darauf zu legen und eine halbe Stunde zu schlafen. Die Ausbilder müssen meine Abwesenheit bemerken, sagen aber nie etwas, machen mir nie Ärger deswegen. Ich halte durch und irgendwann wird es besser.
Um das Ganze auf die Füße zu stellen, mache ich danach eine Umschulung zur Gas-Wasserinstallateurin, gekoppelt mit einer zusätzlichen umwelttechnischen Ausbildung. Mit der abschließenden Gesellinnenprüfung habe ich mit achtunddreißig Jahren meinen ersten Berufsabschluss.
Auch den feiern wir in der WG.

Die fünf Jahre, die wir zusammenlebten, waren meine letzten Jahre in Berlin. Die WG löste sich auf. Gudrun folgte ihrem Traum und zog als Käserin aufs Land auf einen Demeter-Hof. Freya ging mit Freund und Kindern nach Süddeutschland.
Elli war schon ausgezogen.
Ich bewohnte noch kurzzeitig mit meiner Partnerin Wally eine Wohnung nebenan im Haus. Nach fünf Jahren Beziehung entschieden wir uns für das Zusammenwohnen. Ein wohlüberlegter Schritt. Beide hatten wir bisher gezögert. Unsere

Geschichte hatte begonnen, kurz nachdem ich in die WG eingezogen war. Ich war einem Lesbenchor beigetreten. Dort lernten wir uns kennen und lieben. In der Anfangszeit war Wally noch Motorrad gefahren. Es war ein recht kleines Moped. Und wir beide, nicht gerade die Schlanksten, hatten uns dennoch gemeinsam auf die Sitzbank gequetscht und waren durch die Gegend gekurvt. Es war ein tolles Freiheitsgefühl, hinter ihr sitzend mich Fahrtwind und Geschwindigkeit zu überlassen.
Nun nach diesen ersten fünf Jahren Beziehung waren wir beide auf Arbeitssuche. Und irgendwann fiel die Entscheidung, auch bundesweit zu suchen, da wir in Berlin partout keine Arbeitsstelle fanden.
In einem waren wir uns sehr einig: auf keinen Fall nach Bayern. Wir konzentrierten uns auf das Rhein-Main-Gebiet, weil dort die Chancen gut waren und wir uns vorstellen konnten, dorthin zu gehen. Wally war dort aufgewachsen und mit der Region vertraut. Nach so vielen Jahren Berlin war das keine leichte Entscheidung und ein enormer Schritt. Aber irgendwie wollte ich es auch wissen. Ich wollte wissen, ob ich noch so flexibel war, noch einmal neu anzufangen. Und ich fragte mich, ob ich wirklich in Berlin alt werden wollte. Und merkte, nein, das wollte ich nicht. Ich liebe Berlin, es ist eine großartige Stadt. Auch heute bin ich immer wieder gern dort, zu Besuch. Es ist aufregend für mich, jedes Mal, wenn ich nach Berlin komme. So viele Erinnerungen, so viele Veränderungen. Wenn der Zug in Berlin-Spandau einfährt und dann weiter in Richtung Hauptbahnhof, werde ich wehmütig und kribbelig. Aber ich fand Berlin damals auch zunehmend

anstrengend. Die weiten Wege, die Lautstärke, die Hektik mancherorts. Und die Konfrontation mit Elend und verkrachten Existenzen in den Straßen.
Es klappte dann auch tatsächlich mit Frankfurt am Main. Wally fand zuerst eine Stelle, ich ein halbes Jahr später. In dieser Zeit pendelten wir zwischen Frankfurt und Berlin.

Für mich war es ein unerwarteter Karrieresprung. Ich bewarb mich auf eine Stellenanzeige des lokalen Energieversorgers für das firmeneigene Callcenter. Es folgte ein telefonisches Interview als erster Schritt in dem Bewerbungsverfahren. Es wurde von einem Unternehmensberater geführt, den das Unternehmen mit der Vorauswahl der BewerberInnen beauftragt hatte. Am Ende des Telefonats sagte der Herr in der Leitung: »Frau Wind, das war brillant. Sie können doch mehr. Wir haben auch eine Stelle frei als Teamleiterin im Kundencenter.« Ich bekam einen Schreck und war aus lauter Überraschung so ehrlich, zu sagen: »Ich weiß nicht, ob ich das kann. Ich habe keine Führungserfahrung.« Und, oh Wunder, er redete mir zu: »Doch, das können Sie. Trauen Sie sich. Glauben Sie mir, ich habe viel Erfahrung mit Personal und kann das einschätzen.« Ich bin dem Mann noch heute dankbar.

Als nächstes galt es, ein Assessment-Center zu bestehen. Das ging einen ganzen Tag lang mit verschiedensten Aufgaben, inklusive Rollenspielen. Mein Konkurrent, ein erfahrener Vertriebler, aus der Branche kommend, produzierte sich souverän. Und ich dachte nur, oh je, das kannst du vergessen. Doch meine zukünftige Chefin entschied sich für mich. Ich bekam die Stelle und konnte es kaum fassen. Später sagte sie mir, dass sie unter anderem beeindruckt gewesen sei, dass ich auf die Frage, was mich motiviere, nach Frankfurt zu ziehen, mit großer Selbstverständlichkeit geantwortet hatte, dass ich gemeinsam mit meiner Lebensgefährtin umziehen möchte. Das fand sie ausgesprochen mutig.

Sie sei selbst lesbisch, aber das solle ich um Himmels Willen für mich behalten. Sie wolle nicht, dass das in der Firma bekannt werde. Ich fühlte mich gar nicht so mutig. Irgendwann hatte ich gemerkt, dass ich kreuzunglücklich wurde und es mir nicht guttat, mich zu verstellen und einen so wichtigen Teil meines Lebens, ängstlich behütet, außen vor zu lassen. Ich beschloss, offen mit meiner lesbischen Lebensweise umzugehen und das Risiko von Nachteilen einzugehen.

Außer in meiner Zeit als Gas-Wasserinstallateurin. Da hätte ich den Teufel getan, mich in dieser speziellen Männerwelt zu outen. Bei meinem Beruf war ich zwar auch später überwiegend von Männern umgeben. Aber der Sexismus im Baugewerbe und das Mobbing gegenüber Frauen in dieser Branche waren schon extrem: Morgens um sieben Uhr gingen auf den Baustellen schon die Bierflaschen rum. In der Mittagspause holten die Kollegen ihre Pornohefte heraus. Mich lachten sie aus, wenn ich beim Flexen und Zuschneiden der gusseisernen Abwasserrohre Schutzbrille und Gehörschutz trug. Dabei waren einige von ihnen gezeichnet von Arbeitsunfällen. Einem fehlten drei Finger, einem anderen ein Auge. Ein weiterer humpelte. Einer wäre, alleine arbeitend, weil er eine Grube nicht abgesichert hatte, fast von den brechenden Erdwänden begraben worden.

Es ist ein Knochenjob, der Risiken birgt und unter dem die Gesundheit leidet. Rückenschäden waren bei den Älteren fast die Normalität. Doch keiner der Männer hätte das zugegeben. Ich nenne es das Siegfried-Syndrom. Es gibt Männer, die halten sich für unverwundbar.

Vielleicht hatte ich auch einfach Pech mit der Firma. Ich war die erste Frau, die dort arbeitete. Und die meisten der dort angestellten Männer wollten das nicht. Wie sagte ein Kollege mal so treffend: »Mir reicht's schon mit meiner Alten zu Hause. Nicht noch hier so eine!« Sie wären lieber unter sich gewesen mit ihren sexistischen Witzen und Fantasien, wie beispielsweise Mann es schaffen könnte, die Mieterin im dritten Stock mal unter der Dusche zu erwischen. In der Arbeit behinderten sie mich, wo sie nur konnten. Ich will nicht einen ganzen Berufsstand in Verruf bringen, vielleicht war es ja wirklich in dieser Firma besonders extrem. Aber ich glaube das eigentlich nicht, denn ich habe ja auf den Baustellen auch die Männer anderer Firmen erlebt.

Eine ganz andere, positive Erfahrung habe ich in einem Betrieb im Umland von Berlin, der ehemaligen DDR, gemacht. Die Männer dort waren echte Kollegen. Nett und solidarisch. Wir arbeiteten wirklich zusammen und nicht gegeneinander. Sie waren Frauen in Handwerksberufen gewohnt. Und sie tranken auch keinen Alkohol.

In Frankfurt schaffte ich also den Einstieg in ein geregeltes Arbeitsleben mit einer guten Stelle. Im Grunde war es meine erste richtige Stelle. Davor hatten sich meine beruflichen Erfahrungen auf Ausbildungen, Fortbildungen und kurzfristige Jobs beschränkt. Hier gelang mir der Sprung in die Kunden- und Energieberatung mit weitreichenden Aufgaben. Denn das Kundencenter wurde seinem Namen »Energietreff« gerecht. Neben der Beratung gab es Veranstaltungen, Vorträge und Ausstellungen. In der Küche fanden Kochevents statt, z. B. Kochen mit Prominenten. An einem Abend war das Steffi Jones, die berühmte Fußballerin aus Frankfurt.
Ich arbeitete viel mit der Marketingabteilung zusammen. Überhaupt erforderten meine Aufgaben eine abteilungsübergreifende Zusammenarbeit, die ich sehr genoss. Dennoch sah ich Frankfurt von Anfang an als Übergang, nicht als einen Ort, an dem ich bleiben wollte. Dieser Rhein-Main-Kessel mit seinen drückenden, heißen Sommern, in denen das Atmen schwerfällt, und die umgebenden Mittelgebirge sind nicht meins. Mich zieht es in flache, weite Landschaften. Die sprechen mich an. Das Umland von Berlin ist so schön, mit seinen vielen Seen, dem Sandboden und Wäldern. Nach Berlin kommt für mich eigentlich nur noch Norddeutschland in Frage.

Veränderungen

Es werden dann doch acht Jahre in Frankfurt. Acht Jahre, in denen ich dort gut lebe, mich aber nicht wirklich einlasse. Immer der Gedanke im Hinterkopf, ich werde ja nicht bleiben.
Die Beziehung zu Wally, mit der ich aus Berlin nach Frankfurt gezogen bin, hält nur noch zwei Jahre. Trennung und Schwierigkeiten auf der Arbeit werfen mich erneut aus der Bahn. Mit ihr habe ich mein Zuhause verloren. Es folgen wieder Klinikaufenthalte und Therapie. Über ein Jahr bin ich arbeitsunfähig. Zum Glück bleibt mir der Arbeitsplatz erhalten. Als ich zurückkomme, ist alles anders. Der Energie-Treff ist geschlossen. Die Unternehmensleitung hat inzwischen beschlossen, den Bereich komplett herunterzufahren, da er keine Gewinne einbringt, stattdessen Kosten verursacht.
Meinen Arbeitsbereich gibt es nicht mehr. Ich werde in eine andere Abteilung versetzt und in der Sachbearbeitung und im Telefondienst eingesetzt. Mein Wissen in Energie- und Umweltfragen soll ich vorhalten. Was mich damals ärgert, ist im Endeffekt ein Glücksfall, in zweierlei Hinsicht.
Ich habe von da an ein zweites Standbein. Ich lerne, mit SAP zu arbeiten und erweitere meine Excel-Kenntnisse. Ich entdecke meine Freude an Computerprogrammen und daran, Neues zu lernen. Nach zwei Jahren bin ich routiniert in diesen Dingen. Das alles ermöglicht mir die spätere, für mich notwendig gewordene berufliche Umorientierung.

Und ich habe eine neue Chefin, die Beste, die ich je hatte. Wir verstehen uns von Anfang an gut. Sie fördert und unterstützt mich in jeder Hinsicht, ermöglicht mir viele Fortbildungen. Immer wieder drückt sie Wertschätzung für mein Wissen und meine Arbeit aus. Fünf Jahre unter ihrer Leitung haben mich enorm gestärkt in meinem Selbstvertrauen. Und bei allen späteren schwierigen Verhältnissen mit Vorgesetzten hilft mir die Erinnerung an diese gute Erfahrung. Beim Abschied sagt sie. »Frau Wind, wenn das nichts wird in Bremen, können Sie zurückkommen. Ihnen steht hier immer eine Tür offen.«
Sie begrüßt ebenso wie ich den erneuten Umschwung in der Firmenstrategie zwei Jahre später. Man hat gemerkt, dass am Thema Umweltschutz und Energieeinsparung nicht mehr vorbeizukommen ist. Die Kundschaft fordert es ein. Also bin ich wieder in meinen Kernkompetenzen gefragt. Fortan bin ich als Expertin mit Alleinstellungsmerkmal für das Unternehmen unterwegs auf Tagungen, Messen und bei KundInnen. Ich halte Vorträge, gebe Schulungen, werde für Fachzeitschriften und eine Radiosendung interviewt.
Ein Kollege wird mir an die Seite gestellt, mit dem ich mich hervorragend verstehe und ergänze. Gemeinsam setzten wir eine Reihe Projekte um.
Der Kollege, Frank, hat ein Auto und das erleichtert mir vieles. Denn die Ängste, die mich beim Unterwegssein plagen, begleiten mich weiterhin. In all den Jahren habe ich sie nicht überwunden. Sie sind nur manchmal schwächer und manchmal stärker.
An manchen Tagen schaffe ich es kaum, zur Arbeit zu kommen.

Das kostet mich enorm viel Kraft und es ist immer wieder eine Überwindung loszugehen. Mich dem Tag, dem Leben, meinen Aufgaben zu stellen.
Aber nun fahren Frank und ich zu den meisten Terminen gemeinsam mit dem Auto. Eine Riesenentlastung für mich.

Eine neue Liebe

Privat hat sich in den vergangenen zwei Jahren, seit der Trennung von Wally, auch viel geändert in meinem Leben. Nachdem ich beschlossen habe, mich mir selbst mehr zuzuwenden, fahre ich, ein Jahr später, zu einem Tantra-Seminar mit dem Thema »Eigenliebe«. Das ist jetzt genau das Richtige, denke ich.
Und dann steht sie da, am Bus, der uns alle vom Bahnhof abholt. Hinreißend attraktiv und sympathisch. Und obwohl ich es nicht weiß, weiß ich es doch: Diese Frau möchte ich kennenlernen. Wenn ich in den folgenden Seminartagen in der Runde zu ihr hinsehe, flammt Begehren in mir auf. Die Stimmung ist natürlicherweise bei diesem Seminar sowieso schon erotisch aufgeheizt. Aber jede Frau beschäftigt sich ja mit sich selbst unter Anleitung. Es gibt kurze Pausengespräche, ein erstes Aufeinandertreffen beim Umrunden des Labyrinthes im Garten des Hauses. Wir unterhalten uns.

Dann kommt der letzte Abend. Festlich ausgerichtet, kulinarisch betörend und mit Musik und Tanz. Irgendwann liegen wir nebeneinander auf zwei Matten und schauen durch das Dachfenster in einen klaren, leuchtenden Mond. Wir scherzen und kichern und lachen und schwelgen in den Gesängen von Cesaria Evora. Die meisten Frauen sind schon zu Bett gegangen. Schließlich bewegen auch wir uns in Richtung Tür, um den Raum zu verlassen. Sie verabschiedet sich von mir für die Nacht mit einem Kuss auf den Mund.
Die Nacht verbringe ich schlaflos. Voll elektrisiert, überlege ich, ob ich zu ihr gehen soll. Aber ich weiß gar nicht genau, wo ihr Zimmer ist, und ich traue mich auch nicht.
Am nächsten Morgen findet die Abschlussrunde in der Gruppe statt. Es folgt der allgemeine Aufbruch. Wir begegnen uns im Gang und alle Dämme brechen. Wortlos fallen wir ineinander und küssen uns leidenschaftlich. Noch einmal dann, kurz vor der endgültigen Abreise, in ihrem Zimmer, während draußen die Frauen warten, die sie mit dem Auto mitnehmen werden zu ihrem Zuhause, in ihre Stadt.
Wir lösen uns nur schwer voneinander. Es fühlt sich einfach zu gut an. Alles an ihr. Das ist uns immer geblieben, dass wir uns gern küssen.
Wir reisen ab in verschiedene Richtungen, alles ist offen, nichts verabredet.
Ich habe noch eine Woche Urlaub und fahre zu einer Freundin aufs Land.

Es folgt eine Woche heißen SMS-Austausches. Und dann kommt sie tatsächlich zu mir. Zu einem ersten Wochenende in Frankfurt.

Dieses Wochenende werde ich immer als eines der romantischsten in meinem Leben erinnern. Das Begehren ist groß und gegenseitig. Und sie ist die Frau, mit der ich den besten und schönsten Sex meines Lebens habe. Hier verstehen wir uns von Anfang an. Es ist leicht, lustvoll und tief. Und ich erlebe mit ihr eine große Offenheit, es gibt keine Scheu, wir sprechen offen über unsere Sexualität. Es bleibt der Bereich, in dem wir uns immer verstehen, in dem alle Verwicklungen, alle Kämpfe, die wir miteinander haben, von uns abfallen. In dem wir miteinander gut und nah sein können. Und auch ausgelassen und humorvoll. Eine Art Insel.

An diesem ersten Wochenende mit ihr bin ich völlig angstfrei. Kann entspannt mit ihr spazieren gehen, mich auf der Mainwiese mit ihr tummeln. Es ist das letzte Oktoberwochenende und viel zu warm in der prallen Sonne. Als uns klar wird, dass in der Nacht die Zeitumstellung stattfindet, freuen wir uns riesig. Es bedeutet eine zusätzliche Stunde für uns, geschenkte Zeit.
Auch sie hat eine Trennung hinter sich. Wir sagen beide, dass wir keine Beziehung wollen, eher eine Affäre. Aber da ist es schon geschehen, ich habe mich verliebt in sie und sie sich in mich. Es wird die längste Beziehung meines bisherigen Lebens. Vierzehn Jahre, die in einer schmerzhaften Trennung enden.

Am Tisch

am Tisch saßen wir uns gegenüber, in Abstand und Ernst
meine Augen suchten dich und trafen auf Schweigen
all das Gesprochene in vielen Jahren, nichts blieb ungesagt
bis hierher
doch nun fehlen die Worte, und mehr noch das Verstehen
hart die Tischkante unter meinen Ellenbogen
leer meine Hände
nie saßen wir so sprachlos und unbequem, so förmlich
und du rückst ab vom Tisch
fremd und vertraut im Gehen

Was bleibt

du bist gegangen
einfach so, ohne Abschied
ein Zettel auf der Bettdecke: »Mach's gut«
fort bist du und lässt mich zurück mit deinen Vorwürfen
deiner Wut
letzte verletzende Worte beim Streit am Abend
sie hängen im Raum, nisten sich ein in mir
der Schock am Morgen
Blick in ein leeres Zimmer
die Balkontür geöffnet, der Luftzug bewegt die Gardine
laue Luft weht herein, Sommergeräusche
Morgensonne auf dem Bett
es ist früh
du bist gegangen, während ich schlief im anderen Raum
irgendwann vor meiner Zeit
ein Zettel auf dem Bett: »Mach's gut«
ein weiterer auf sorgfältig aufgeschichteten Sachen von dir
aus deinem Fach in meinem Schrank: »Kann weg«
nach vierzehn Jahren geteilten Lebens
nach Streit und Krisen, nach Glück und Lachen und Liebe
Sternstunden mit dir in eben jenem Bett
an Morgen voller Sommersonne auf dem Laken
ein leichter Wind weht durch die offene Balkontür, bewegt
sacht die Gardine und lässt das Windspiel leise klingen

hüllt uns ein, ebenso wie dein Duft, unser Atem und das
Universum, in dem wir uns kreisend im Flug bewegen
wie habe ich das geliebt, dich geliebt, tue es noch
»Mach's gut«, »Kann weg«
nach vierzehn Jahren mitten ins Herz

Schmerz und Trauer

ich blättere in Tagebüchern
bin bestürzt über mein Leid und staune, wo ich heute stehe
ich kenne es alles: altbekannte Schwere, Leere, eine dumpfe
Traurigkeit und Antriebslosigkeit, die Panik
die Verzweiflung, die Trauer
ist das meine Geschichte?
bin das wirklich ich?
meine Trauer ist leise und tief
verletzlich und müde
dass sie nicht bitter ist, ist meine Rettung
und mein Zugang zu allem, was lebenswert ist

mitten im Leid

öffne ich mich dem Schmerz
ich lege mich auf die Erde
und öffne mein Herz für den Schmerz
für Angst, Abwehr und Sehnsucht
für Verlassenheit, Schuldgefühle und Scham
im Vertrauen, dass die Erde mich trägt

dieser scharfe Schmerz
von dem ich denke, ich halte ihn nicht aus
doch ich halte ihn aus, halte mich aus
wenn ich da durchdringe
mich zuwende
ist er getränkt mit Liebe

ich komme an

im grenzenlosen Raum
in dem alles sein darf, was ist
in dem Zeit kein Maß hat
ebenso wenig wie Trauer
wenn Leere und Fülle eins sind
gibt es kein Ende und kein Ziel
Trauer, die dauern darf, birgt Trost
Trauer, die etwas Wahrhaftiges berührt

die Wahrheit befreit

In meiner Mitte

Herzblut, Schmerz, offene Wunde
ankommen, Liebe fühlen
Parteilichkeit für mich
mir verzeihen und atmen

Ruhe
alles setzt sich
mir selbst Freundin sein und nie vergessen
alles dreht sich um diesen Punkt: Mein Herz
ich kann davon nicht lassen
sehne mich nach Heimat in mir, geborgen sein in mir
und mit anderen
kein Mangel mehr und keine Furcht vor dem Morgen
jedes »jetzt« lebbar und willkommen

ich öffne mich dem Himmel
ich öffne mich für die Gegenwart
in welche Wirklichkeit gilt es zu erwachen
bin ich traumatisiert oder
eine Traumatisierte

Rat-Schläge und meistgehasste Sätze

ist nur um die Ecke
sind nur ein paar Schritte
üben, üben
nur Geduld
positiv denken
loslassen
wer will, kann auch
du musst dich lieben
musst Empathie entwickeln
muss
muss
warum eigentlich muss ich?

Der Amtsarzt: »Hätte ich nicht Ihre Akten gesehen, würde ich fast denken, Sie sind normal.«

Was ist das?

was für eine Art von Lust
was für eine Art von Erregung
wieso kriegt Mann da den Schwanz hoch?
erregt bis zum Äußersten
wenn er eine Frau, ein Kind quält, demütigt, schlägt, in
Todesangst versetzt

welch bittere Armut
dieses unfassbare Glück nicht zu kennen, wenn eine Person
freiwillig aus Begehren sich mir zuwendet
mir Lust verschafft, höchste Erregung mit Freude, mit Lachen
ein Geschenk, ein Geheimnis
das Wunder einer Begegnung
die Welt mit wachem Verstand ohne Drogen ertragen, eine
echte Herausforderung
und mit Drogen meine ich auch Zucker, TV, die Sucht, sich zu
betäuben, abzuschalten, zu urteilen, sich abzuwenden

es gibt Paradiesvögel und atemberaubend schöne Himmel
und es gibt Gewalt überall und jederzeit
diese grausame Welt
all die Jahre persönlichen Kampfes und Leidens
wie halten Menschen, wie halte ich das aus?

was ist das für eine Gesellschaft, die das zulässt
in der Gewalt an Frauen und Kindern normal ist
und die Täter leben oft unbeschadet weiter
es müsste doch ein Aufschrei durch die Gesellschaft gehen
aber den gab es nur, als die Fälle in der Kirche bekannt
wurden, in den Institutionen

aber was ist mit all den anderen Opfern
die individuell ihr Leben meistern, einzeln kämpfen
und damit scheitern, die keine Entschädigung erhalten
nicht einmal ausreichend Mittel für Therapie

Vor Gericht

§ 1 Absatz 1 Satz 1 OEG

»Wer im Geltungsbereich dieses Gesetzes oder auf einem deutschen Schiff oder Luftfahrzeug infolge eines vorsätzlichen, rechtswidrigen tätlichen Angriffs gegen seine oder eine andere Person oder durch dessen rechtmäßige Abwehr eine gesundheitliche Schädigung erlitten hat, erhält wegen der gesundheitlichen und wirtschaftlichen Folgen auf Antrag Versorgung in entsprechender Anwendung der Vorschriften des Bundesversorgungsgesetzes.«

Die Klage

Im Jahr 2000 beantragte ich beim Versorgungsamt Hilfe nach dem Opferentschädigungsgesetz (OEG). Nicht nur wegen der Taten meines Großvaters, sondern auch wegen der Gewalttaten meiner Mutter gegen mich. Mein Anliegen war es, einen finanziellen Ausgleich für meine Verdienstausfälle und die damit einhergehende Benachteiligung bei der zu erwartenden Altersrente zu bekommen. Entweder in Form einer Ausgleichsrente oder einer einmaligen Zahlung.
Der Antrag wurde abgelehnt, mein anschließender Widerspruch ebenfalls. Daraufhin reichte ich, mit Unterstützung einer

Anwältin, Klage ein. Antrag, Widerspruchsverfahren und Klage nahmen fünf Jahre in Anspruch. Die Klage ging an das Gericht und dort wurden sowohl die Taten meines Großvaters als auch die meiner Mutter verhandelt.
Anwesende in der Gerichtsverhandlung: die Richterin, eine ehrenamtliche Richterin und ein ehrenamtlicher Richter, ich als Klägerin, meine Anwältin, eine Begleiterin des Weißen Ringes, ein Vertreter des Landes NRW (der Beklagte).

Aus dem Urteil vom 11.01.2006, Sozialgericht Frankfurt am Main:
»Die am 11.01.1962 geborene Klägerin beantragte am 12.12.2000 die Gewährung von Beschädigtenversorgung nach dem OEG in Verbindung mit dem BVG.
Sie gab an, im Alter von 2 bis 17 Opfer wiederholter Gewalttaten in ihrem Elternhaus in Duisburg gewesen zu sein. Sie habe im Zeitraum von 1964 bis 1979 sexuelle Gewalt und Misshandlungen durch ihren Großvater [...] und Misshandlungen durch ihre Mutter [...], die mit ihr zusammen in einem Haushalt lebten, erfahren und leide in Folge dieser Gewalterfahrungen an psychischen Störungen mit jahrelanger Arbeitsunfähigkeit und daraus resultierenden finanziellen Nöten und einer großen Einschränkung ihrer Lebensqualität. Ein nach dem Abitur 1982 begonnenes Studium habe sie 1986 wegen schwerer Depressionen abbrechen müssen. 1986 hätte sie einen endgültigen psychischen Zusammenbruch erlitten und sei bis 1996 arbeitsunfähig gewesen.« »Die Klägerin beantragt, den Bescheid vom 23.01.2002 in Gestalt des Widerspruchsbescheides

vom 31.10.2002 aufzuheben und das beklagte Land zu verurteilen, bei ihr Schädigungsfolgen infolge der Ereignisse zwischen 1964 bis 1979 festzustellen und Versorgungsleistungen in gesetzlichem Umfang zu gewähren.« »Ihr Großvater, der mit ihr, ihren Eltern und zwei Geschwistern in einem Haus in Duisberg [sic!] bis zu seinem Tode 1972 gelebt hätte, habe sie acht Jahre lang mehrmals die Woche vergewaltigt.« »Sie hätten in engen räumlichen Verhältnissen gelebt.« »Erst als der Großvater 1972 gestorben sei, habe sie (im Alter von 10 Jahren) sein Zimmer bekommen, in dem sie aber nicht habe schlafen können. Von dieser Zeit an leide sie permanent unter Schlafstörungen und massiven Angstzuständen.« »Sie sei bereits mit zehn Jahren in Behandlung bei einem Neurologen und Psychiater in Duisburg gewesen, könne sich aber an die Praxis und den Namen des Arztes nicht erinnern.«

»Die Klägerin beschrieb dann sehr ausführlich und detailliert die Missbrauchshandlungen bis hin zur Vergewaltigung wie auch ins Gesicht schlagen und Würgen durch den Großvater. Sie berichtete von religiösen Ritualen und Spielen mit sexuellem Hintergrund.« »Die Klägerin schrieb wörtlich: ›Er (der Großvater) habe sie an verschiedenen Orten und zu allen Tageszeiten vergewaltigt.‹ und berichtete auch über Vergewaltigungen auf nahe gelegenen Sportplätzen oder im Gebüsch von Spielplätzen, nachdem er sie aus dem Kindergarten abgeholt habe.«

»Als Kind habe sie ständig Verletzungen, wie ein geschwollenes Gesicht, Beulen im Gesicht, blaue Flecken und Prellungen am ganzen Körper und Schmerzen wie schmerzende Vagina und Po,

Herzschmerzen, Kopfschmerzen und häufiges Fieber gehabt. Die Spuren der Misshandlung hätten jedoch nicht allein von ihrem Großvater gestammt, sondern auch von ihrer Mutter. Sie hätte sie mit heißem Wasser beim Duschen und mit dem heißen Bügeleisen verbrannt. Außerdem hätte sie auf den meist völlig entblößten Körper der Klägerin eingeschlagen.« »Außerdem habe ihre Mutter sie oft im Keller eingesperrt und alle Türschlösser und Riegel im Haus versperrt.«

(Keine) Beweise

Zunächst gratuliert mir die Richterin zum Geburtstag, der heute auf den Verhandlungstag fällt. Kein schöner Einstieg in den Tag, aber später werde ich noch feiern mit einigen engen Freundinnen, die schon in meiner Wohnung auf mich warten. Das ist ein großer Trost.

Ein anderer Geburtstag: Ich werde sechzehn.
Ich liege am Boden und meine Mutter schlägt mit einem Schuh auf mich ein. Ich bedecke mein Gesicht, um es zu schützen. Flehe sie an, aber sie hört nicht auf. Schlägt und beschimpft mich.
Meine Mutter ist unberechenbar. Springt nachts im Dunkeln in mein Zimmer, bedroht mich mit Zischlauten und kreisender Taschenlampe. Ich kann in ihrem Blick nichts Verlässliches finden. Er wirkt unheimlich auf mich, starr, weit weg. Ich erkenne, sie ist nicht zu erreichen. Also füge ich mich, widerspreche nicht, bin ganz still. Warte, bis sie wieder in

ihrem Zimmer ist. Schleiche mich leise aus dem Bett, die Treppe runter bis ins Esszimmer. Und ab hier beschleunige ich, was das Zeug hält: reiße die Gartentür auf, renne und renne, springe über die Gartenpforte, durch dunkle Schleichwege, über niedrige Zäune, Umwege, versteckte Winkel bis zum Haus meiner Freundin. Todesangst, kann die ganze Nacht nicht aufhören zu zittern.

Zitate von den Eltern meiner Jugendfreundin, die als Zeugen angefragt wurden, werden vorgelesen, aus aktuell für das Verfahren geschriebenen Briefen: Sie beschreiben, wie ich aus Angst vor meiner Mutter nachts zu ihnen geflohen kam in Unterhose und T-Shirt.

Die Richterin sieht das durchaus nicht als Beweis für Gewalttaten. Ich höre die Richterin noch sagen, sie habe selbst eine Tochter und wisse, was Jugendliche so alles anstellen in dem Alter. Und die von den Eltern meiner Jugendfreundin mitgeteilten und von ihnen beanstandeten Erziehungsmaßnahmen meiner Mutter belegten höchstens vielleicht eine nicht angemessene Erziehung. Und die jahrelange sexualisierte Gewalt durch den Großvater im Alter von drei bis zehn Jahren? Ich wurde mehrfach gefragt, ob ich meinen Großvater angezeigt habe. Ebenso, ob ich Zeugen aus der Zeit, die den unmittelbaren Tathergang bezeugen könnten, habe. Auf mein jeweiliges Nein wurde in diesen Punkten immer wieder nachgehakt.

Nach Einschätzung des Gerichtes können sämtliche fachliche Unterlagen, Berichte von Therapeutinnen, Ärztinnen, Kliniken und auch Ämtern meine Anschuldigungen nicht belegen. Und

der Zusammenhang von Symptomatik und Ursache sei nicht nachweisbar. Es könne ja alles auch andere Ursachen haben und sämtliche Therapeutinnen zögen die falschen Schlüsse.
»Nach den geschilderten Tätlichkeiten hätten die Misshandlungen schon wegen der Verletzungen in der Familie nicht unbemerkt belieben [sic!] können.« (Aus dem Bescheid vom Versorgungsamt Münster vom 23.01.2002)
»... ist letztlich – nach dem Tod des Großvaters – in jenes Zimmer gezogen, was ich, erlauben Sie an dieser Stelle den Hinweis, bei vorherigen etwaigen sexuellen Übergriffen in eben diesem Zimmer, nur schwer nachzuvollziehen vermag.« (Bezirksregierung Münster, 11.08.2005)

Glaubwürdigkeit

Nach § 6 Absatz 3 OEG können die Angaben der Antragstellerin als Nachweis des geltend gemachten Ereignisses herangezogen werden, jedoch nur dann, wenn sie nach den Umständen des Falles glaubhaft sind. Heißt: Der Klägerin kann die Glaubwürdigkeit unterstellt werden. Im Fall von »Beweisnot« findet eine besondere Norm Anwendung. (§ 15 des Gesetzes über das Verwaltungsverfahren der Kriegsopferversorgung (KOVVfG).) Nach Ansicht des Gerichts führt das Fehlen von Zeugen und das Vorhandensein von leugnenden Tätern nicht zu einem automatischen Wegfall der Anwendbarkeit des § 15 KOVVfG, sondern vielmehr ändere sich an der Beweisnot des Gewaltopfers

nichts. (BSG, Urteil vom 15.12.2016 – B 9 V 3/15 R.)
Dass diese Norm auch für Gewaltopfer gilt, hat das Bundesozialgericht bereits 1989 klargestellt. (BSG, Urteil vom 31.5.1989 – 9 RVg 3/89.)
Leider geht aus dem oben genannten Urteil von 2016 aber auch hervor, dass der Richter oder die Richterin frei in ihrer oder seiner Beweiswürdigung und lediglich an die Regeln der Logik und der Erfahrung gebunden ist. Das nennt sich »Grundsatz der freien richterlichen Beweiswürdigung.«

Stellungnahmen meiner Anwältin

»Nach diesseitigem Dafürhalten ist hier die Glaubwürdigkeit von Frau Wind anhand der vielen Informationen zu unterstellen.« (Brief an das Versorgungsamt vom 03.04.2002)
Sie argumentierte, dass es nicht sein könne, dass allein die Tatsache, dass Tatzeugen nicht vorhanden seien, zur Ablehnung meines Antrages führe, obwohl es nachvollziehbare und schlüssige Erläuterungen von Therapeutinnen und mir selbst gebe.

Urteil im Namen des Volkes

(Aus dem Urteil vom 11.01.2006, Sozialgericht Frankfurt am Main)
»1. Die Klage wird abgewiesen [...]«

Begründung

(Aus dem Urteil vom 11.01.2006, Sozialgericht Frankfurt am Main)

– »Die Klage ist zulässig, aber unbegründet. Der Klägerin steht ein Anspruch auf Leistungen nach dem OEG nicht zu. Der Bescheid vom 23.01.2002 in Gestalt des Widerspruchsbescheides vom 31.10.2002 ist rechtlich nicht zu beanstanden und verletzt die Klägerin nicht in ihren Rechten.«

– »Der von der Klägerin geschilderte Sachverhalt ist weder bewiesen noch [...] glaubhaft gemacht, zumal aufgrund der von der Klägerin ausführlich geschilderten Tathergänge, insbesondere die Kleinkindzeit betreffen, nicht nachvollziehbar ist, dass die durch die geschilderten massiven Übergriffe notwendigerweise hervorgerufenen erheblichen körperlichen Verletzungen unbemerkt geblieben sein sollen.«

– »Des Weiteren vernahm der Beklagte als Zeuginnen die Mutter der Klägerin [...] und die Schwester der Klägerin [...]. Beide Zeuginnen sagten aus, keine Kenntnis von einem sexuellen Missbrauch der Klägerin durch den Großvater zu haben.« »Die Kammer sieht keinen Anlass dafür die Aussagen der Zeugen zu bezweifeln. Dies gilt auch im Hinblick auf die Mutter [...].«

– »Außerdem ist die Kammer von dem Vorbringen der Klägerin wie auch deren behandelnden Dipl.-Psych. [...], dass sich die

Klägerin erst nach Aufnahme der Therapie an den sexuellen Missbrauch durch den Großvater erinnert habe, nicht überzeugt, denn die Theorie über die »Recovered memories« widerspricht wissenschaftlichen Erkenntnissen. »So hätten Kinder ab einem Alter von vier Jahren eine recht exakte Erinnerung auch an belastende Ereignisse.«

– »Die weiteren vom Beklagten bei den von der Klägerin benannten Therapeuten eingeholten medizinischen Berichte wiederholen die von der Dipl.-Psych. [...] gestellte Diagnose eines aufgrund eines sexuellen Missbrauchs durch den Großvater verursachten psychischen Traumas.«

– »Durch Widerspruchsbescheid [...] wies der Beklagte den Widerspruch [...] zurück [...] ›Zwar bestehe bei der Klägerin eine schwere Persönlichkeitsstörung mit massiven psychosomatischen Beschwerden. Eine solche Erkrankung sei aber nicht zwingend durch einen sexuellen Missbrauch in der Kindheit verursacht, sondern könne auch andere Ursachen haben.‹«

– »Man kann auch nicht argumentieren, dass das Fehlen einer Erinnerung gerade belegen würde, dass ein solches besonders schweres traumatisches Ereignis stattgefunden habe, denn damit würde das Vorliegen eines solchen Ereignisses immer bestätigt [...]«

Da kann ich nur sagen: Genau, das zeigt es. Wenn alle Frauen, denen so etwas geschehen ist, ihr Recht und Unterstützung bekämen und darüber hinaus Entschädigung, würde deutlich und amtlich, welches Ausmaß die sexualisierte Gewalt hat, wie viele Betroffene es gibt. Ist es die Angst, dass es sämtliche Mittel und Strukturen sprengt? Dass die Konzepte des individuellen »Krankseins« nicht mehr greifen und überzeugen? Dass es grundsätzlich an etwas krankt in unserer Gesellschaft? Dass die Frage aufkommt, wie steht es um unsere Gesellschaft? Vor welcher gewaltigen Herausforderung stehen EntscheidungsträgerInnen und AkteurInnen!

Im Jahr 2019 sprach ich noch einmal mit meiner damaligen Anwältin. Ich wollte wissen, ob ein erneuter Prozess Aussicht auf Erfolg hätte. Ich hatte die Hoffnung, dass nun, dreizehn Jahre weiter, das ganze Thema anders behandelt würde, opfergerechter. Das Gespräch war ernüchternd. Ja, sagte die Anwältin, gesellschaftlich und im öffentlichen Interesse sei das Thema tatsächlich angekommen, aber nicht in der Justiz. Da habe sich gar nichts geändert. Und ich könne davon ausgehen, dass mein Anliegen heute genauso abgelehnt würde wie damals. Es macht mich heute wie damals hilflos. Ich habe die Gerichtsverhandlung 2006 damals in Teilen regelrecht als zynisch erlebt. Allein die Frage, ob ein Kind im Alter zwischen vier und zehn Jahren den Täter angezeigt hat, fand und finde ich unsäglich, ebenso die Ignoranz des Gerichts gegenüber sämtlichen fachlichen Stellungnahmen und das Heranziehen längst überholter

wissenschaftlicher Aussagen wie die Ablehnung der »recovered memories«, der verdrängten Erinnerungen.
Ich konnte mich der in mir auftauchenden Frage nicht erwehren: Darf das eine Richterin? So unwissend sein? So bar jeder Kenntnis, dass das Fehlen von Zeugen den Taten inhärent ist, dass sie immer einhergehen mit Heimlichkeit und Schweigen? Darf das so außer Acht gelassen werden?
Und ich wurde die Frage nicht los: Wer ist hier eigentlich angeklagt? Wann endlich werden Opfer sich nicht mehr rechtfertigen müssen und eine Chance erhalten?

Namensänderung

Jahre zuvor hatte ich meinen Familiennamen offiziell ändern lassen, kein einfaches Vorhaben. Es muss nachgewiesen werden, dass das weitere Führen des Familiennamens unzumutbar ist. Hierfür hatte ich mir Rechtsbeistand geholt. Und tatsächlich wurden am Ende die Gewalterfahrungen, die ich in der Herkunftsfamilie erfahren hatte, als Grund anerkannt.
Der ganze Prozess dauerte ein Jahr. Obwohl hier von offizieller staatlicher Seite die durch Therapeutinnen und Ärztinnen erstellten Gutachten anerkannt wurden, spielten sie in dem Prozess um die Opferentschädigung keine Rolle. Für mich war und ist das schwer nachvollziehbar.

Die Änderung meines Familiennamens war für mich ein wichtiger Schritt. Und ich wollte es offiziell amtlich haben. Nun bin ich im Besitz einer Urkunde zur Namensgebung.
Es folgte dann ein ziemlicher Aufwand, da ich sämtliche Dokumente ändern lassen musste, was ich jedoch mit Freuden tat. Überall galt es, die Namensänderung bekanntzugeben, vom Bankkonto bis zur Krankenversicherung und der Änderung meines Personalausweises. Eine lange Liste war es, die ich abarbeitete, und einiges an Kosten kam auf mich zu. Was mich erstaunte: dass sogar meine Geburtsurkunde geändert wurde. Darin steht nun nur noch mein neuer, selbstgewählter Name. Geboren als »Wind«. Das fühlt sich gut an, fast ein bisschen wie eine neue Identität.

Fest zur Namensänderung

Heute sind wir alle im Garten, auf der Parzelle, wir feiern ein Fest, ein Fest für meinen neuen Namen. Sie sind alle gekommen: meine WG, Freundinnen und Freunde. Mit Kuchen und Essen, und ein Feuer knistert. Sogar Geschenke bekomme ich. Es ist ein wenig wie ein Geburtstagsfest, ein Neugeboren-Geburtstagsfest. Gertrud, professionelle Tanzlehrerin, schenkt mir einen Wind-Tanz als Überraschung. Den tanzen wir auf der angrenzenden Wiese. Sie lehrt uns die Schritte. Die Musik setzt ein, erst zart schwingend, dann immer kräftiger. Unter dem Abendhimmel, in der lauen Sommerluft, drehen wir uns, fassen uns an den Händen. Ein Kreistanz mit allen. Feierlich ist das und gleichzeitig sind wir ausgelassen. Ich setze ein Zeichen für mein neues Leben. In diesem Moment stimmt alles.

Freundschaft mit mir selbst

Freundschaft mit mir selbst schließen
wäre das was?
mit meinem Magen
meinem Herz
meinem Übermut
meiner Angst
mit meiner Unruhe
meinem Drängen
mit meiner Schutzschicht
mit allen Irrtümern
mit meinem Lebenshunger
mit meiner Genialität
meinen Träumen und Sehnsüchten
fünfzig Jahre ist es her
ist das zu fassen?

Umzug nach Bremen

Jeder meiner Städtewechsel ist begleitet von verstärkten Panikattacken vor dem Umzug. Das war in Berlin so, das war in Frankfurt so. Dort musste ich mich in den letzten Wochen fast jeden Morgen auf dem Weg zur Arbeit bis zu viermal übergeben. Das lässt mich zwischenzeitlich zweifeln, dennoch halte ich an meinen Plänen fest. Dank der Energie des Aufbruchs ist es dann in der neuen Stadt zunächst besser.

Mit dem Umzug nach Bremen erfülle ich mir, kurz vor meinem fünfzigsten Geburtstag, einen Herzenswunsch. Ich denke, wenn ich erst die Fünfzig überschritten habe, wer weiß, in einigen Jahren traue ich mir einen solchen Neuanfang vielleicht nicht mehr zu. Wenn, dann jetzt.

Schon lange reifte der Wunsch in mir, in den Norden zu ziehen. Nach diversen Bewerbungen in Hamburg, Kiel, Lübeck, Rostock ist es schließlich Bremen geworden. Und hier bin ich genau richtig, hier will ich nicht mehr weg.

Bremen ist mir ein Zuhause geworden. Mitten in der Stadt die Weser, immer wieder schön.

Beruflich gesehen war es eine Fehlentscheidung. In Frankfurt hatte ich einen guten, relativ sicheren Job mit allen Vorteilen, die so ein Unternehmen bietet. Den habe ich freiwillig aufgegeben. Zunächst schien auch alles perfekt. Die Stelle, die ich in Bremen gefunden hatte, war genau das, was ich mir wünschte. War sie doch im alternativen Bereich angesiedelt, in dem ich mich ja viel mehr zu Hause fühle und in den ich gern zurückkehren wollte. Hier ging es ausschließlich um Umweltschutz und Nachhaltigkeit. Keine Kompromisse mehr, dachte ich. Hier arbeiteten Leute, die ehemals bei Greenpeace oder ähnlichen Organisationen waren. Und zum ersten Mal war ich nicht nur unter Männern in diesem Bereich. Das Team bestand überwiegend aus Frauen. Chef war allerdings, wie so häufig, ein Mann.

Was folgte, war ein Desaster. Ein unmöglicher Chef, mit dem ich von Anfang an nicht klarkam. Nach zwei Jahren entließ er mich. Mein Bauchgefühl und den ersten Eindruck von ihm bei der Bewerbung hatte ich ignoriert. Zu sehr wollte ich die Chance ergreifen, nach Bremen zu ziehen, zu sehr wollte ich diesen Job, der so vielversprechend schien.

Die Arbeit selbst und die Inhalte haben mich nicht enttäuscht. Und ich fand sie auch zutiefst sinnvoll.

Kompliziert und belastend waren auch hier immer die Wege für mich. Als Projektleiterin war ich ständig unterwegs. Froh war ich, wenn ich dabei allein war. Denn dann konnte ich Taxi fahren oder auch die Strecken mit dem Bus oder der Straßenbahn bewältigen, die andere zu Fuß gehen – ohne Erklärungsnot, ohne mich rechtfertigen zu müssen. War ich dann am Ziel angekommen, ging es mir gut.

Ich liebte es, Arbeitsteams zu moderieren, z. B. die Entscheidungsträger der verschiedensten Interessengruppen einer Stadt. Zu erleben und mitzugestalten, wie Menschen, die aus den unterschiedlichsten Bereichen kommen und zunächst konflikthaft aufeinandertreffen, am Ende gemeinsam und kreativ an Lösungen, in diesem Fall für mehr Klimaschutz, arbeiten, hat mich immer sehr berührt und eine Ladung Glückshormone in mir ausgeschüttet. Schulungen und Vorträge waren ebenfalls mein Steckenpferd. Gerne war ich auf Tagungen; aber erst einmal musste ich natürlich dort ankommen.

Manchmal vermisse ich heute meine früheren Tätigkeiten. Aber letztlich war diese Arbeit in Kombination mit meiner ständigen Angstbewältigung sehr anstrengend und fordernd. Als ich dann arbeitslos wurde und erneut einen psychischen Einbruch erlebte, beschloss ich, in eine andere Richtung zu gehen. Mein Ziel war es, weniger anspruchsvoll und weniger verantwortlich zu arbeiten. Ich wollte keine Projektleitung mehr. Und nicht mehr unterwegs sein müssen.

Nach fünf Jahren Arbeitslosigkeit und Krise gelang mir das tatsächlich. Maßgeblich war dabei die Unterstützung eines sehr erfahrenen, ungeheuer engagierten und einfühlsamen Integrationsbegleiters. Im Rahmen einer Wiedereingliederungsmaßnahme half er mir, mich zu orientieren und auszurichten. Eine Chance sah ich, ausgehend von meinem zweiten Standbein: die kaufmännische Sachbearbeitung in der Wohnungswirtschaft. Durch verschiedene Praktika gewann ich einen Einblick in die Branche und erweiterte die nötigen Kenntnisse. Mit fünfundfünfzig Jahren fand ich die passende Stelle, in der ich relativ entspannt arbeiten kann. In einem Familienunternehmen bin ich in Personalunion Empfangssekretärin, Büroverwalterin, Telefonzentrale, für die Vermietung und Verwaltung der Mietobjekte und die

Nebenkostenberechnungen zuständig. Die sind mir der liebste Teil meiner Arbeit. Nie hätte ich gedacht, dass mir die Arbeit mit Zahlen solchen Spaß machen würde. Es war für mich selbst eine Überraschung.

Die ständige Abrufbarkeit, die diese Stelle mit sich bringt, und die Vielzahl unterschiedlicher Anforderungen stressen mich oft. Gleichzeitig kann ich nach Feierabend komplett abschalten. Ich nehme die Arbeitsthemen nicht mit. Und es gibt auch keine Wochenend- und Abendtermine. Ganz ohne Außentermine geht es in der Vermietung nicht, aber die Wege und der Aufwand sind nicht vergleichbar mit denen meiner Außentätigkeiten in der Vergangenheit. Mein Büro und die Mietobjekte liegen alle direkt an Straßenbahnhaltestellen.

In Hinsicht auf Status, Position, Gehalt und Ansehen bin ich allerdings deutlich heruntergestuft. Der Segen an dieser Veränderung hat deshalb zugleich auch seine Schattenseite.

Fünfzig Jahre

an der Schwelle zu meiner zweiten Jahrhunderthälfte
die Gewissheit meines Sterbens rückt näher
meine eigene Vergänglichkeit
mit der Anzahl der Jahre wird die Zeit weniger
oder erlaubt mir die Zeit als Konstruktion, die sie ist, ein Vielfaches
an Sein
an Leben
je nach Raum und Weite im Inneren wie im Äußeren
kann weniger mehr sein
wird es bleiben, mein Gefühl, dass die Zeit mich überholt
dass ich noch gar nicht so weit bin
mein Alter nicht bewohnen kann
zu viel gestohlene Lebenszeit
die ich nie mehr aufholen kann
die erste Täuschung:
»wenn ich groß bin, kann ich gehen, wohin ich will
und alles ist gut«
die zweite Täuschung:
»wenn ich mich nur genug anstrenge
und alles richtig mache«
denn ich strenge mich an
fortwährend
Tag für Tag

und mache ständig alles falsch und ständig alles richtig
die Zeit heilt eben nicht alle Wunden
wenn überhaupt etwas Heilung schenkt
dann die Liebe
und das ist für mich das größte Wunder
Liebe und Freundschaft
und all die vielen anderen Wunder
fortwährend
Tag für Tag
und so bleibe ich die, die ich schon immer war
und verändere mich ständig
zerrissen und
voller Dankbarkeit
fähig zu Schmerz, Glück und großer Freude
wir alle sind ein Wunder
das Leben ist ein Wunder

Und heute?

Herzschlag

der Nachmittag sickert vor den Fenstern in meine Straße
Geräusche fließen aus dem Raum und in ihn zurück
das An- und Abschwellen vorbeifahrender Autos
rhythmisch, beständig
wie Meeresrauschen
dazwischen Stille
Ruhe meines Herzens
kostbarer Augenblick
sicher und geborgen
ganz bei mir

Verbunden

ich liebe es, abends am Fenster zu stehen
hinaus auf die Straße zu sehen
die Lichter in den anderen Häusern um mich herum
da sind Menschen, da ist Leben
ein Gefühl von Geborgenheit und Verbundenheit
ich gehöre dazu, ich stehe nicht mehr außerhalb

Unter der Oberfläche

die Nächte ohne Gefahr
Tage ohne Schrecken
allein der Alarm in mir schrillt seit fünfzig Jahren und
ich finde den Schalter zum Abstellen nicht

friday night feeling

Schlafstörungen ein Leben lang
heute gehören die Nächte mir
ich kann die Nacht zum Tag machen

Schatzsuche

ich habe die Liebe gefunden
die Liebe zu den Menschen
die Liebe zum Leben
die Liebe zu mir fällt am schwersten

zersplitterte Fragmente
tausend Schreckmomente
der Wunsch, das Ganze zu sehen
Verlangen nach Verstehen
einzig, um frei zu sein

Die Königinnentasse

Ich habe für mich eine Königinnentasse gekauft. Bauchig formvollendet, hoch. Meeresgrün, blau, türkis, wie die Ostsee, an der ich gerade Urlaub mache, mit einem goldenen Streifen rundherum zwischen den Farbverläufen.
Und das Blau ergießt sich über den Rand hinein in die Tasse.
Werde ich mit ihr im Alltag morgens in meiner Küche sitzen und mich entsprechend fühlen können? Erwachsen fühlen?
Eine Königinnentasse als Hilfe, um der nächtlichen Verfassung als gequältes Kind zu entrinnen, die jeden Morgen, jeden Tagesbeginn, jeden Anfang bis heute bestimmt. Es ist das Lebensgefühl der Vierjährigen im Zustand des »danach«.
Wie kann ich in dieser Verfassung in die Welt gehen? In den Kindergarten? Ins Büro? Oder zum Arbeitsamt? In den Supermarkt?
Da steht sie dann, diese kompetente achtundfünfzigjährige Frau auf der Straße und wird plötzlich drei Jahre alt und weiß weder vor noch zurück.
In der Welt braucht es die Erwachsene. Es gilt, mich in den Erwachsenen-Modus zu bringen. Dafür Rituale, Symbole, passende Abläufe zu finden am Morgen.
Die Tasse als Symbol, eindeutig keine Kindertasse. Ein Symbol der Schönheit und des Meeres in mir.

Gestohlenes Glück

wenn ich lache, vergnügt bin
angstfrei in der Sonne sitze
wenn ich neugierig bin, interessiert um die Ecke schaue
wenn ich mit anderen Spaß habe
mich hingebe in der Liebe
wenn ich selbst bestimme, wohin ich heute gehe
wie ich meinen Tag verbringe
wenn ich in Muße und Geborgenheit auf meiner Coach sitze
wenn ich ehrlich mit anderen spreche
wenn ich genieße
fühlt es sich an wie gestohlenes Glück

Lebensträume

Manchmal fühle ich mich betrogen, unglaublich traurig und schwer. Keinen meiner Träume konnte ich umsetzen. Schriftstellerin wollte ich zuallererst werden. Und dann auch Schauspielerin.
So viele Jahre war ich so sehr mit Überleben beschäftigt, da ging nichts.
Ich hatte den Boden nicht dafür, nicht die Familie, die Förderung, die ich gebraucht hätte.
Es schmerzt mich bis heute, immer noch, dass ich nicht das geworden bin, von dem ich träumte. Das Ganze als Hobby zu leben, befriedigt mich nur zum Teil.
Die Wunde sitzt zu tief. Lange wollte ich gar nicht darüber sprechen. Wollte nichts wissen von Schreibkursen. Es erschien mir zu banal angesichts meiner einstigen hochfliegenden Träume und Ambitionen. Wie ein Zugeständnis meines endgültigen Scheiterns. Ein fauler Kompromiss. Ein Mich-Fügen.
Erst nachdem ich den Mut fand, in der Therapie darüber zu sprechen, und die Therapeutin mich ernst nahm, fand ich einen gewissen Frieden damit. Es eröffnete mir die Chance einer neuen Haltung und Freude an dem, was ich tue. Seitdem kann ich mich ehrlicher an meinen Laientheatergruppen freuen.
Der Kummer über das Nicht-Schreiben sitzt noch tiefer. Lange konnte ich es gar nicht mehr. Hatte ich als Jugendliche ganze Nächte mit Schreiben verbracht, war es ab meinem sechzehnten

Lebensjahr vorbei. Es war der Zeitpunkt, von dem ich rückblickend sage, durch die Begegnung mit der Jugendgruppe trat ich ins Leben.
Schreiben war zuvor immer mit Einsamkeit verbunden gewesen, ich hatte meine Einsamkeit damit gefüllt. Nun war ich nicht mehr allein. Hatte das Schreiben seinen Zweck erfüllt? Nie mehr wollte ich so einsam sein.
Und dennoch, es gibt eine Lust, die darüber hinausgeht. Ein Verlangen, das mich bis heute nicht loslässt.
Erst seit Kurzem habe ich den Faden wieder aufgenommen und bin erstaunt, dass es geht, nach so vielen Jahren. Erstaunt über das, was da aus mir heraus aufs Papier fließt. Vielleicht hat es nur all die Jahre in mir geschlummert und meine Sehnsucht hat mich nicht getäuscht.
Kann frau mit sechzig Jahren noch Schriftstellerin werden? Und wie geht das?

Mein Leben ist reich

Manchmal ist da ein fast ungläubiges Staunen, dass ich tatsächlich arbeite, dass ich tatsächlich Beziehungen habe, mich versorgen kann. Von all dem habe ich nicht geglaubt, dass es mir gelingen könnte.

ich bin dabei, im Leben, mittendrin
welche Freude, welches Glücksgefühl
mitten unter Menschen, unter allem, was da ist
was geschieht

heute ist mein Leben reich
und ich weiß nun wirklich als lebendige Erfahrung, dass
das Glück nicht von außen kommt
das macht frei
ich glaube an die Menschen, heute ja
und ich weiß, hab's vielleicht schon immer gewusst
es gibt etwas, das sich lohnt
etwas wirklich Kostbares

ja, ich habe Lust, das Leben zu entdecken
und nicht vergessen die Freude
gehen
am Glück entlang
an der Freiheit

Bessere Tage

leben ist jetzt
nicht warten auf bessere Tage
nicht warten auf ein »danach«
auf eine Zeit, in der alles überwunden ist
so wie die Umweltzerstörung, die radioaktive Verseuchung
die Kriege, die Gewalt
Schrecklichkeiten, die möglicherweise nicht irgendwann
überwunden sind
so sind auch meine persönlichen Erfahrungen, meine inneren
Katastrophen bleibend
es ist sinnlos, eine Zeit überbrücken zu wollen mit falschen
Hoffnungen auf eine bessere Zukunft oder größere
persönliche Reife, größeres persönliches Glück
wenn nicht jetzt, wann dann komme ich zum Leben?
Glück und Wohlfühlen nicht als Projekt
es findet jetzt statt, in jedem Augenblick kann es
entdeckt werden
ich habe nichts mehr zu verlieren
meine Seele ist brüchig
Schmerz geht bei mir immer noch tief
aber ich habe auch ein Lachen, das echt ist und meins
und wenn es einen Grund gibt, glücklich zu sein, bin ich es

Morgenperlen zwei

Im Winter im Außenbecken des Hallenbades. Zunächst ist es noch dunkel.
Der Mond am Himmel und letzte nächtliche Sterne wirken magisch. Dampf steigt vom Wasser auf. Unter Wasser eine grünblaue Welt, beleuchtet von Unterwasserstrahlern. Hier ab- und auftauchen ist wie eins sein mit allen Elementen. Bäume und Büsche des umgebenden Parks schemenhaft in der aufziehenden Dämmerung. Ich liebe den Moment, wenn es langsam hell wird, die Umrisse aus den Schatten Konturen annehmen. Wird der Himmel heute hell sein oder verhangen und regnerisch? Beides mag ich. Regnerische Tage entspannen mich. Ich fühle mich darin geborgen. Vorfreude auf die heiße Dusche und dann mit wohligem Körpergefühl in den Tag starten.

Zugfahren

Auszeit
Geborgenheit zwischen zwei Bahnhöfen
auf der Strecke
nur für mich
nichts verpflichtet
nicht erreichbar
in Sicherheit mich fortbewegen lassen

Neue (buddhistische) Perspektiven

Meine erste Begegnung mit einer buddhistischen Lehrerin hatte ich in einem Wochenend-Workshop, den sie zu dem Thema »faires Streiten« anbot. Seit einigen Jahren merkte ich, dass mir etwas fehlte im Leben, eine spirituelle Dimension. Doch ich wusste nicht, wo suchen und finden. Und nun nahm mich meine Freundin mit zu diesem Wochenende.

Ich hatte keine rechte Vorstellung, was mich erwartete, und war sehr gespannt. Was ich dann erlebte, übertraf alles, was ich mir hätte vorstellen können. Hier war eine Frau, die mit so viel Witz und Humor, mit so viel brillantem Intellekt und gleichzeitiger Bodenständigkeit einen so lebendigen Vortrag hielt, dass ich schier hingerissen war. Sie erzählte von Tara, der weiblichen Buddha, umgeben von ihren einundzwanzig Schwestern, die alle verschiedene Aspekte von ihr darstellen. In Tibet wird Tara sehr verehrt und ihre Legende wurde überliefert, ebenso wie die auf sie ausgerichteten meditativen Praktiken. Und hier übermittelte eine deutsche buddhistische Lehrerin eine Sichtweise, die kritische feministische Sicht und buddhistische Spiritualität zusammenbringt. Ihr geschärfter Blick für die patriarchalen Strukturen im traditionellen Buddhismus und ihre frauenbezogene Übersetzung grundlegender Lehren für westliche Frauen war für mich eine Offenbarung. Hier kam alles zusammen, was mir wichtig war.

Und so kam Tara in mein Leben und mit ihr änderte sich alles. Außerdem sprach das Bunte, Bilderreiche, Farbige des tibetischen Buddhismus mich sofort an. Da lachte mein Kinderherz.
Heute weiß ich: Heilung kann für mich nur ganzheitlich geschehen. Indem ich alle Anteile integriere, Herz und Geist, Körper, Erfahrungen und Erleben dessen, was wir nicht fassen können. Ich versuche, mehr und mehr Vertrauen zu entwickeln in eine Tiefendimension, die mich trägt.

ich schaue in den Nachthimmel
zum Mond und zu den Sternen
umgeben von Raum
weitet sich etwas in mir
und ich fühle mich verbunden

Wanderung in Wales

Landung in Manchester. Wir sind zu dritt, auf dem Weg zu einem Ort in Wales. Bevor es mit dem Zug weitergeht, müssen wir erst mal zur Gepäckausgabe. Der Koffer meiner Liebsten und meiner sind nicht auffindbar. Sie sind gar nicht in Manchester angekommen, stehen irgendwo in den Niederlanden. Also dann weiter mit Handgepäck.
Lange habe ich mich auf diese Reise vorbereitet, mich zweimal umentschieden. Ich fahre mit, ich fahre nicht mit, ich fahre doch mit. Die Anreise würde ich schaffen, zumal wir zu mehreren sind. Aber wie wird es mir dort ergehen?
Ziel dieser Reise: ein von einer britischen buddhistischen Lehrerin geschaffener Ort als Zentrum ihrer Gemeinschaft – und gleichzeitig ihr Wohnort.
Seit fünfzehn Jahren bin ich auf dem spirituellen Weg. Seit zwei Jahren nehme ich an einem speziellen Programm teil, das eben diese britische Lehrerin entwickelt hat. In Deutschland wird es von meiner dazu autorisierten buddhistischen Lehrerin gelehrt. Nun sind wir mit unserer deutschen Gruppe zu einem Retreat nach Wales eingeladen – ein Highlight, eine ganz besondere Reise.
Die Anreise ist weit und kompliziert: mit Flugzeug, Zug, zwei verschiedenen Bussen und zum Schluss das letzte Stück mit dem Taxi. Und tatsächlich ist es auch ein besonderer Ort, an dem wir letztlich ankommen. Ich fühle mich dort von der ersten Minute an

wohl und entspannt. Ein großes Gelände mit mehreren Gebäuden und einem wunderschönen Garten, von dem aus der Snowdon im Snowdonia Nationalpark zu sehen ist. Mit seinen 1085 Metern der höchste Gipfel von Wales.

Wir werden herzlich empfangen. Alles ist gut, allein unser Gepäck kommt nicht. Alle sind hilfsbereit und leihen uns Kleidung aus. Die Ausbeute für mich ist, aufgrund meines Körperumfangs, nicht sehr groß. Dass aber auch immer alle so schlank sind!

Bei den Angeboten, die ich erhalte, wird schlichtweg ignoriert, dass ich klein und dick bin. Und ich muss höflich dankend ablehnen oder die Sachen in meinem Zimmer ablegen. Einige zusammengewürfelte Sachen passen dann doch und alle amüsieren sich, weil ich aussehe wie ein bunter Vogel. Überrascht stelle ich fest, mit wie wenig ich auskomme. Ich, die stets alles Mögliche einpackt, um sich sicher zu fühlen. Und die anfängliche Verunsicherung, da ich nun ohne all die Sachen bin, verwandelt sich in Erleichterung. Es fühlt sich gut an, nicht viel zu brauchen und nicht von bestimmten Dingen abhängig zu sein. Eine Art Befreiung.

Und noch etwas zeigt sich in dieser Situation: Es ist nicht mehr wichtig, dass ich schön angezogen bin, passende Sachen trage. Outfit spielt hier keine Rolle. Hauptsache, die Kleidung ist warm und bequem.

Allein der Gedanke, meine Sachen könnten ganz weg sein, für immer, beunruhigt mich doch etwas. Meine Lieblings-T-Shirts und was sonst noch alles! Anfangs erwarten wir das Gepäck täglich, nach einigen Tagen geben wir das Warten auf. Tatsächlich

kommen unsere Koffer erst zwei Tage vor der Rückreise.
Wir erleben eine intensive, inspirierende Zeit, im Schweigen und im Austausch. Meditierend und singend und auch einfach mal müßig in der Sonne sitzend.

Eine große Herausforderung wartet allerdings noch auf mich, die größte des ganzen Unternehmens. Seit diese Reise geplant ist, weiß ich, dass diese Lehrerin mit jeder Gruppe zum Abschluss eine Wanderung macht. So ist es auch mit uns geplant.
Das war fast ein Grund für mich, nicht mitzufahren. Denn ich weiß, nicht mitzugehen und zurückzubleiben wird mich todunglücklich machen. Und gleichzeitig scheint mir mitzugehen unmöglich. Es ist etwas, das ich nie mache, wovon mich meine Angst konsequent abhält. Allein der Gedanke, irgendwo in der Natur zu sein, an einem Berg, und in Panik auszubrechen, nicht zu wissen, wohin mit mir, und kein Haus, kein Fahrzeug in der Nähe, keine Hilfe in Sicht, und keine andere Möglichkeit als zu Fuß weiter- oder zurückzukommen, bereitet mir Schweißausbrüche und Herzrasen.
Noch nie war ich in meinem Leben auf einem Berg. Ich kann das nicht! Und will es aber.
Dieser Zwiespalt bringt mich schon seit Monaten fast um, zumal ich mich bei der Anmeldung für die Reise auch schon festlegen musste, ob ich mit wandern gehe. Vorsorglich habe ich zugesagt, damit mir nichts entgeht. Aber innerlich entschieden, was ich tun werde, bin ich noch lange nicht. Was nun?
Der Tag der Wanderung rückt immer näher. Eine schlaflose Nacht

verbringe ich mit Befürchtungen, mit »Ja«, »Nein« im Wechsel, mit der Mobilisierung aller Zuversicht, die ich aufbringen kann, damit, mir selbst Mut zu machen. Und mir zu sagen: Wie auch immer ich entscheiden werde am nächsten Tag, es ist in Ordnung. Und dann, am entscheidenden Morgen, ist es keine Frage mehr. Ich gehe mit.

Ich will dabei sein und baue darauf, dass ich es in der Gruppe schaffen werde.

Und dann steige ich tatsächlich mit einer Gruppe von Frauen auf einen Berg, zum ersten Mal in meinem Erwachsenenleben. Und ich fühle überhaupt keine Angst. Ein kurzes Aufflackern, als wir die letzten Häuser hinter uns lassen. Aber dann, oh Wunder, ich fühle mich sicher.

Körperlich ist es für mich eine ungewohnte Anstrengung. Und zwischenzeitlich bin ich nicht sicher, ob ich es kräftemäßig schaffe. Aber erst einmal ankommen, erst einmal nach oben. Die Stimmung ist gut, wir sind so eine nette Gruppe. Kennen uns ja auch schon aus den letzten Jahren. In kurzen Stehpausen plaudern wir und scherzen. Und dann geht es wieder ein Stück weiter. Bei jeder Biegung denke ich, nun sind wir gleich oben. Aber nein, es ist immer noch nicht der Gipfel. Außer meiner Partnerin, die weiter vorn mit zwei anderen Frauen geht, und meiner buddhistischen Lehrerin weiß niemand aus der Gruppe von meiner Angststörung. Meine Aufregung und Unsicherheit zu Beginn des Aufstiegs ordnen sie allein meiner Höhenangst zu. Das ist für einige Grund genug, mir Mut zuzusprechen beim Aufstieg und in meiner Nähe zu bleiben. Wie gut das tut! Und

ich muss nichts erklären. Mit Höhenangst können alle etwas anfangen. Und die habe ich ja tatsächlich auch. Da spiele ich nichts vor.
Und dann ist es soweit, wir erreichen den Gipfel, eine kleine Fläche oben zwischen Felsen. Ich kann gar nicht fassen, dass ich tatsächlich hier oben bin und keine Angst habe!
Der Ausblick ist traumhaft schön. Zu allen Seiten, egal wie ich mich drehe, ist das Meer zu sehen, dazwischen kleine Landflächen. Die Häuser sehen winzig aus und ich mache mir lieber nicht klar, wie weit entfernt sie sind. Es weht ein Wind hier oben und der Himmel ist weit und erscheint doch nah.
Ich komme aus dem Staunen nicht mehr heraus, über die Schönheit dieses Ortes und darüber, dass sich jegliche Angst verflüchtigt hat.
Wir lassen uns zum Picknick nieder. Wunderbar ist das, hier oben mit den anderen zu sitzen und zu essen. Nur an den Rand gehe ich nicht, halte mich schön in der Mitte. Wie gesagt, Höhenangst eben.
Wir haben Glück. Es ist ein sonniger Tag. Und ich halte mein Gesicht in die Sonne.
Dann geht es an den Abstieg. Erschrocken und völlig verblüfft schaue ich auf den Weg hinunter. Wie bitte, da bin ich raufgegangen? Wie komme ich da wieder runter? Es sind doch einige Stufen und Kanten zu überwinden, die von unten gar nicht so aussahen.
Drei Schweizerinnen aus unserer Gruppe unterstützen mich nun, nehmen mich unter ihre Fittiche. Eine trägt meinen Rucksack,

die zweite geht vor mir und die dritte hinter mir. Alle drei sind erfahrene Bergsteigerinnen, die überhaupt nichts daran finden, dass ich nun doch Angst habe. Allerdings ist es für mich eine »normale« Angst, nicht die Angst meiner Angststörung. Solche Art Angst fühlt sich ganz anders an und schreckt mich nicht so sehr.

Eine der drei, Franziska, sagt zu mir: »Das ist eine Bergsteigerregel: Das schwächste Glied kommt immer in die Mitte.« Jule reicht mir vorn wiederholt die Hand, wenn ein Abstand überwunden werden muss. Und Krista hinter mir spricht mir Mut zu. Freundlich begleiten sie mich hinunter.

Ich fühle mich derart aufgehoben bei den dreien, dass es mich tief berührt. Vertrauen und Liebe weiten mein Herz. Ihre Geduld und Gelassenheit sind großartig.

In der letzten Etappe sehe ich, dass ein Großteil der Gruppe schon unten ist. Als auch wir unten ankommen, bricht ein Jubel aus: »Juchhu, Doris hat es geschafft!« Alle freuen sich mit mir. Ein wahres Freudenfest. Auf welchen Boden das bei mir fällt, ahnen sie nicht. Welch ein Geschenk! Fast ein bisschen unheimlich, dass sie so sehr den Nerv treffen.

Ich bin komplett geschafft an diesem Abend und überglücklich. Leider bin ich zu fertig, um noch mit den anderen in der Küche zu klönen. Aber wie es ist, ist es gut. Mir schmerzen Rücken, alle Glieder und sämtliche Muskeln. Mit Wärmflasche, hochgelagerten Beinen und zwei Decken über mir liege ich im Bett. Ob ich mich morgen wohl überhaupt noch bewegen kann? Die Welt von oben zu sehen, ändert die Perspektive. Und schon schlafe ich ein.

Und wie steht's mit der Liebe?

die Macht der Zärtlichkeit
überwältigt mich in einem einzigen Moment

Die erste Frau

ich entdecke mich
überrascht von mir selbst
fühle ich mich ganz
Männer haben mir Kälte nachgesagt
und ich dachte, es stimmt
ich wäre so
Sex ja, aber alles andere
verweilen danach und Zärtlichkeit
nein, das ging nicht
und nun
stelle ich fest
ich habe all das
alle Facetten
alle Gefühle
es ist wunderbar
mich selbst so zu erleben
ganz, erfüllt
satt von der Liebe

schlage ich heimlich und ganz leise für mich
einen kleinen Purzelbaum vor Glück

Verliebt

dem Wagnis trauen
eine Sprache finden
die mir ermöglicht zu kommen und zu gehen
zu dir und zu mir
in Begegnung und Nähe
und wieder zurück zu mir
ankommen bei beiden
bei dir
und bei mir
im gemeinsamen Tanz schwingen
und dir gegenübertreten
in Klarheit und Abgrenzung
die mir Raum schaffen
zum Atmen
zum Anders sein
in Würde
mit der kostbaren Möglichkeit
alle Räume in uns und zwischen uns
den eigenen und den gemeinsamen auszuloten
und mit der Fülle grenzenlosen Seins
zu beleben

Gemeinsame Sprache

Ich wünsche mir mit dir eine Sprache zum Anfassen
ohne Angst vor großen Worten
und auch nicht vor den kleinen, schlichten
den abgekürzten in einer SMS
aus der Mitte eines Gedichtes heraus die Welt umarmen
zwischen uns nehmen
die Liebe zur Sprache mit dir teilen
sie pflegen in all ihren Facetten
auch jenseits von Worten
denen, die wir wiedererkennen
und denen, die wir neu erfinden

Grenzen

was bedeutet es
wirklich
ein Trauma überwinden zu wollen
an Grenzen kommen
Grenzen meines Verstandes
meiner Bemühungen
Anstrengungen
meines Intellekts
Grenzbereiche ausloten
an denen mir alles Wissen

alles Üben
alles Wollen
nicht hilft

Heilung

Es heißt
die Zeit heile alle Wunden
aber das stimmt nicht
ich kann nur die Zeiten wechseln
mich bewegen und ankommen
im Augen-Blick
mit dir

Am Strand 1

am Strand
laufe ich mit dir
Stunden
mit der Salzluft
die Bewegung des Meeres einatmend
der Klang der Wellen, das Rauschen
sinkt auf den Grund meiner Seele
alleine käme ich nicht weit
mit dir gemeinsam

verzagt, mit wachsendem Mut
gehe ich Schritt für Schritt
am Saum entlang
folge mit dir den Strandläufern
diesen Federpuscheln
vom Wind zerzaust
Meeresschaum im Gefieder

Am Strand 2

Urlaub
keine Pause vom Selbst
Strand-Café am Abend
rotglühender Sonnenuntergang
gefangen in Angst
ist Romantik ferner als der Horizont
wie die Distanz überwinden
von hier zur Unterkunft
von mir zur Liebsten
von mir zur Welt
zum Leben
vom Grauen zum Da-Sein
vom Abgrund in mir
zum Sonnenuntergang vor mir

Herz Raum

manchmal, wenn wir uns mit Vorwürfen überwerfen
wenn ich so wütend bin, dass ich alles kappen will
mich am liebsten umdrehen und gehen will
dann muss ich mich erst erinnern
an deine Zärtlichkeit, deine Güte und deine Wärme
wenn ich verzweifelt bin und traurig
angesichts unserer Kämpfe
will ich mich erinnern
an das Blitzen in deinen Augen, wenn du dich freust
an dein Lächeln
daran wie es ist, mit dir zu lachen
wie gut du dich anfühlst und wie gern ich deine Stimme höre
wenn ich ratlos bin
und keinen Ausweg sehe aus unseren Verstrickungen
erinnere ich mich
wie verzaubert ich von dir war, als wir uns kennenlernten
wie ich das Wunder in dir sehen konnte, das du bist
ich erinnere mich an meine Liebe für dich
und gehe an den Ort in meinem Herzen
in dem Raum für dich ist und Staunen

Nichts zu verteidigen

wie kann ich begreifen, dass ich nicht kämpfen muss
dass es nichts zu verteidigen gibt
»willst du Recht haben oder glücklich sein«, fragt die
gewaltfreie Kommunikation
wie kann ich mir meiner selbst sicher sein
die Kluft zu dir, meiner Liebsten, überwinden
ausgerechnet zu dir, meiner teuren, wunderschönen
Geliebten, der ich nahe sein kann, wie keiner
und gleichzeitig trennt mich ein scharfer Schmerz
er liegt in der Zeit lange vor dir und
ich kann ihn einfach nicht überwinden
die Orte, die uns prägten, halten uns gefangen
bei mir alle Orte, die ganze Welt einer Kindheit
wo ist der Ort, an dem wir uns treffen, frei von alldem

Die innere Freiheit

Durch meine Erfahrungen weiß ich, dass du nie sagen kannst, was ein anderer Mensch kann oder nicht kann, was für sie oder ihn geht oder nicht geht. Du weißt nie, was einen Menschen dahin gebracht hat, wo er oder sie ist. Solange du seine Geschichte nicht kennst, kannst du gar nichts sagen. Und selbst dann auch nur bedingt.

Der eigene Schmerz ist immer der Größte.

Ich habe Tiefen durchlebt, seelische Zustände, die ich mir nicht hätte vorstellen können.

In einem anderen Staat hätte ich nicht überlebt. Ich bin dankbar für das Sozialsystem, das wir haben, für die vielen Möglichkeiten, aufgefangen zu werden. Für all die Therapien, die ich finanziert bekommen habe. Für unsere medizinische Versorgung. Und gleichzeitig bin ich zeitweise auch da rausgefallen.

Auch das ist möglich. Denn du brauchst große Kraft und enormes Einsatz- und Durchhaltevermögen, um an die Hilfen zu kommen. Und du brauchst diese Kraft genau dann, wenn du am schwächsten bist.

Ich habe nach meinem späten beruflichen und gesellschaftlichen Einstieg die Angst durchlebt, wieder abzustürzen. Wieder rauszufallen, alles zu verlieren. Unterzugehen.

Und alles ist genauso gekommen:

Wie besessen habe ich gedacht: »Nur nicht arbeitslos werden!«

Und ich wurde arbeitslos.

Krampfhaft habe ich mir vorgebetet: »Nur nicht wieder Harz IV!« Und ich bin wieder bei Harz IV gelandet.
»Was, wenn ich meine Wohnung nicht mehr zahlen kann?«
Und ich konnte meine Miete nicht mehr zahlen.
Aber ich bin nicht untergegangen, habe immer wieder Lösungen gefunden. Und Glück gehabt. Menschen gehabt, die mir geholfen haben.
Und das gibt mir innerlich Halt. Diese Dinge nicht zu fürchten, macht frei. Immer wieder zu prüfen, was brauche ich wirklich zum Leben, was macht frei und glücklich?

Heute will ich mich von solchen Ängsten nicht mehr fesseln lassen. Das gelingt nicht immer, auch jetzt möchte ich meine Arbeit behalten, aber nicht um jeden Preis.
Ich weiß, was für mich im Leben wirklich zählt, und das möchte ich nicht mehr missen.
Und das, was mir an Freiheit fehlt, kann mir nichts Materielles geben: die Freiheit, ohne Angst und Panikattacken loszugehen.
Doch auch wenn ich nicht neidisch auf materielle Güter bin, wäre ich gern abgesichert. Das kann ich nicht leugnen.
In den verbleibenden acht Jahren Arbeitszeit werde ich keine private Rente mehr ansparen können und auch nicht das Geld für große Reisen. Ich hätte gern mehr von der Welt gesehen.
Das macht mir heute oft sehr zu schaffen; Situationen, in denen andere über ihre Reisen und Urlaube sprechen. Mit einer Selbstverständlichkeit über Frankreich, Kreta, Italien, Norwegen, Schweden, Asien, die USA sprechen und all die Orte, an denen

ich noch nie war und an die ich vielleicht auch niemals reisen werde. Es sind nicht nur die Orte, es ist die Leichtigkeit, die Selbstverständlichkeit zu reisen. Das Erleben von anderen, fremden Meeren, Stränden, Städten, Gepflogenheiten, Menschen, Kulturen. Der Genuss, die Befremdung, das Wissen, die Besonderheiten zu kennen.
Ja, wirklich neidisch bin ich, wenn eine mir von ihrem Spaziergang erzählt, gestern an der Weser oder im Bürgerpark oder im Wald oder sonst wo in der Natur, am Meer allein.
Und ganz still werde ich, wenn Leute darüber sprechen, dass da oder dort doch ganz einfach zu Fuß hinzukommen ist oder dass es da am schönsten ist, wo es einsam ist, ohne Menschen. Wie es ist, durch Kanada im Wohnmobil zu fahren oder in den USA oder in den Nationalparks zu wandern. Da werde ich ganz still. Aber in der Regel merkt das niemand. Weil Zustimmung vorausgesetzt wird, so selbstverständlich angenommen wird, dass alle dergleichen schon erlebt haben und weiterhin erleben werden.

Es gibt Tage, an denen ich mich frage: Wozu das alles? Irgendwann bin ich tot. Welche Rolle spielt es dann, dass ich mein Leben lang versucht habe, mich vom Trauma zu befreien? Welche Rolle spielt es dann, ob ich in die Welt gereist bin, ob ich meine Träume verwirklicht habe? Wie ich gelebt habe? Was ich beigetragen habe in der Welt?
Gerne würde ich mich einsetzen für eine bessere Welt, für Frieden, zu einer Demo gehen, zur Friedensmahnwache. Klimawandel und Weltlage sind bedrohlich, aber die lebendige

Erinnerung in mir ist offenbar noch bedrohlicher.
Heute nicht im Hambacher Forst, heute nicht,
denn heute versuche ich zur Arbeit zu kommen,
morgen auch nicht,
da muss ich mich ausruhen, von der Anstrengung von heute.
Manchmal tröstet es mich nicht zu sehen, was ich alles erreicht habe.
Dann sehne ich mich einfach nur danach, durch den Herbstwald zu spazieren.
In mir wohnt dieses grundlegende Bedürfnis, einfach angstfrei in der Welt sein zu können.
Und ich höre im Geiste schon hundert Relativierungen, welche Frau kann das schon ... Genau das ist ja das Absurde: Hier in dem Land, in dem ich lebe, kann ich mich frei bewegen, ich könnte überall hin – und kann es doch nicht. Es ist kein äußerer Zwang, der mich hält, und dennoch ist das Erlebte so wirkmächtig in mir, dass es mich am einfachsten, kürzesten Weg schräg über die Straße zum Supermarkt hindern kann.
Für die innere Freiheit lässt sich schwer demonstrieren.

Warten

mein ganzes Leben warte ich auf etwas
etwas Namenloses, Wesentliches
als würde das Eigentliche noch kommen
ein Versprechen, das noch nicht eingelöst ist
eine Verheißung, die sich noch nicht erfüllt hat

Leben

Ich sitze auf meinem Balkon und schaue in den Himmel. Es ist die blaue Stunde. Ich liebe diese Tageszeit mit ihrem besonderen Licht. Hier im Norden ändert sich der Himmel ständig. Und Möwengekreisch ist zu hören, selbst hier in der Stadt, ein Gruß vom Meer. An manchen windigen, sonnendurchfluteten Tagen an der Weser glaubst du dich wirklich an der Küste, mit diesem Hauch von Meeresgefühl.

Von meinem Balkon aus sehe ich auch in die gegenüberliegenden Gärten und die Bäume im Hof. Die Blumen in meinen Balkonkästen zeigen sich üppig und bunt.

Vor vier Jahren bin ich in diese Wohnung gezogen. Bei der Besichtigung habe ich mich gleich in sie verliebt. Zwei Zimmer hat sie, das eine geht nach hinten raus, mit Balkon. Das andere, vorne zur Straße hin, hat einen besonderen Schnitt. Im hinteren Teil des Zimmers befindet sich eine Nische, und es gibt einen Erker mit zwei Fenstern. Da habe ich meinen Meditationsplatz eingerichtet. Auch von dort kann ich in den Himmel schauen.

Wenn ich mich zur morgendlichen Meditation in meinen Sessel setze, kommen mir meist als Erstes die Sätze in den Sinn: »Der Körper lässt sich nieder. Herz und Geist lassen sich nieder.« Das hat eine zutiefst entspannende Wirkung auf mich. Ich übe mich darin, beim Ausatmen in den Raum loszulassen.

So schlicht das klingt, ist es dennoch nicht einfach.

Nebenan, über den Flur, ist eine meiner besten Freundinnen eingezogen. Das ist ganz wunderbar, eine große Bereicherung. Hier in dieser Wohnung, in dieser Straße, in diesem Stadtteil fühlte ich mich von Anfang an ausgesprochen wohl. Dieser Umzug war eine der besten Entscheidungen in den letzten Jahren. Zuvor hatte ich zwar in einer Parterrewohnung mit Garten gewohnt, aber in einer für mich zu ruhigen, reinen Wohngegend und mit einem für mich zu weiten Weg zur Straßenbahn.
Hier, wo ich jetzt wohne, ist mehr Leben drum herum. Die Straßenbahnhaltestelle liegt gleich am Ende der Straße. Ich kann sie fast vom Fenster aus sehen. Eine Riesenerleichterung für meine Alltagswege.
Dennoch weiß ich noch nicht, ob ich auf Dauer hierbleibe. Der Wunsch, in Gemeinschaft zu leben, ist in mir lebendig geblieben. Allein zu wohnen ist gut, aber letztlich nicht meine bevorzugte Lebensweise. Besonders im Hinblick aufs Alter.
Ob und wann ich Schritte in diese Richtung unternehme,
ist offen.
Vieles ist wieder offen.

Vor einem Jahr habe ich mich, nach vierzehn Jahren, von meiner Partnerin getrennt. Ein Schritt, der mir unendlich schwerfiel. Aktuell versuche ich, damit fertig zu werden und mich in meiner neuen Lebenssituation zurechtzufinden.
Mein Leben neu zu sortieren.
Dabei hilft mir, dass ich mir hier, in inzwischen zehn Jahren, in Bremen viel aufgebaut habe und gut eingebunden bin. Ich bin

angekommen und will hier auch nicht mehr weg.
Da sind meine Freundinnen, meine zwei Theatergruppen, das Lesbennetz, meine Kartenrunde und meine Tara-Meditationsgruppe. Und wie in jeder Stadt habe ich auch hier »meine« Schwimmbäder gefunden, das Freibad im Sommer und das Hallenbad im Winter.
Der spirituelle Weg, auf dem ich nun seit fünfzehn Jahren gehe, gibt mir Halt. Da bin ich aufgehoben in einem bundesweiten Netz. Wenn ich es irgendwie schaffe, fahre ich einmal im Jahr zum Retreat. 2020 hat es nicht geklappt. Doch langsam finden die Dinge wieder statt, die Corona-bedingt brachlagen. Meine Arbeit lief die ganze Zeit weiter, vierzig Stunden die Woche. Es hat mir gutgetan, in meiner Freizeit nicht zusätzlich viele Abendtermine zu haben. Das hat mich nachdenklich gemacht.
Immer wieder versuche ich, eine Balance zu finden zwischen meinen vielen Interessen und meinem Ruhe- und Erholungsbedürfnis. Durch die Zusatzanstrengung der permanenten Bewältigung meiner Ängste bin ich oft sehr ausgepowert. Und gleichzeitig ist der Hunger nach Leben groß. Und die Pflege von Freundschaften und Kontakten für mich zentral. In Gruppen blühe ich auf.

Noch immer würde ich gerne angstfrei werden, meine Angststörung überwinden.
Mein größter Wunsch ist es, frei zu sein.
»Geben Sie sich nicht zufrieden, es wäre schade um Ihr Leben«, sagte die Dresdner Therapeutin, die mir das EMDR eröffnete und

empfahl, damit an meinem Wohnort weiterzumachen.
Es wäre eine Entscheidung, mich erneut auf Traumakonfrontation einzulassen. Und einen weiteren Schritt zu wagen, vielleicht nach all den Jahren den entscheidenden. Nämlich den, die Teile meiner Überlebensmuster aufzugeben, die mich bis hierher gebracht haben und mich gleichzeitig so schmerzhaft einschränken. Neue Wege finden, ob mit oder ohne erneute Therapie.
Habe ich genügend Vertrauen, kann ich es entwickeln? In mich oder in was auch immer, in eine Kraft, die mich trägt?
Irgendetwas hat mich wohl schon immer getragen, sonst hätte ich nicht überlebt. Nicht alles ist erklärbar und zu begreifen. Dennoch fällt Vertrauen schwer. Wie will ich mein restliches Leben gestalten angesichts der Endlichkeit? Was ist mir wichtig, was kann ich noch erreichen? Bewegung, wachsen bis zum Schluss? Als sinnstiftend und Wert an sich? Es gibt noch viele Fragen.
Im Grunde möchte ich einfach nur leben.
Was bleibt, ist eine unfassbare Sehnsucht.

Nachwort

Nach der Beendigung meines Buches gab es entscheidende Veränderungen.

Seit über einem halben Jahr gehe ich plötzlich zu Fuß, Wege, die ich mir vorher nicht hätte vorstellen können. Ich weiß zwar immer noch nicht, ob ich mich alleine in die Natur trauen würde, außerhalb der Stadt, aber an meinem Wohnort bewege ich mich in ganz neuer Weise. Neuerdings laufe ich manchmal von der Arbeit zu Fuß nach Hause an der Weser entlang. Eine Strecke von gut einer Stunde. Oder auch durch Nebenstraßen. Und ich war auch schon im Park spazieren. Also immerhin in der städtischen Natur. Das ist für mich wie ein Wunder.

Dabei bin ich überwiegend entspannt und kann sogar verweilen, z. B. auf einer Bank am Wasser sitzen und genießen. Keine Ahnung, wieso das plötzlich geht. Ich weiß nur, dass ich eines Tages dachte: »Wenn ich mit einer Freundin da langgehen kann, wieso eigentlich nicht alleine?« Und dann habe ich es am nächsten Tag getan.
Etwas in mir vertraut neuerdings darauf, dass die Panik und Angst jeweils »nur« ein Gefühl ist, das auch wieder weggeht. Dabei helfen mir die im EMDR erlernten Übungen von bilateraler Stimulation. Arme gegenläufig schwingen oder mir bewusst machen, dass ich mit jedem Schritt diese Bewegung über die

Beine mache. Ebenso die Klopfübungen. Und immer wieder Umgebung wahrnehmen. Füße spüren.

Ich habe keine Angst mehr, irgendwo nicht hinzukommen, und checke nicht mehr vorab alle Wege in der Planung. Dieses Gehen ist ein ganz neues Freiheitsgefühl.

Zum ersten Mal in meinem Leben habe ich das Gefühl, ich tue es für mich. Nicht um irgendwelchen Ansprüchen zu genügen, um mit anderen mitzuhalten, Erwartungen anderer zu erfüllen, sondern nur für mich.

Und das in der Pandemie, im Lockdown. Es erstaunt mich überaus. Dachte ich doch anfangs: »Wie komme ich bloß zurecht, wenn alle Geschäfte geschlossen sind?« Wo ich sie doch so sehr als Anker brauche, um mich überhaupt irgendwo hinzubewegen. Und nun traue ich mich mehr als vorher. Und bin die ganze Zeit über sehr stabil.
Ich weiß nicht, ob es so bleibt, ob das von Dauer ist, aber jetzt ist es so. Und was auch immer kommt, jetzt macht es mich glücklich.

Danksagung

Ich danke allen Mitarbeiterinnen des Christel Göttert Verlages, der Grafikerin, der Setzerin und allen weiteren Beteiligten, für ihr besonderes Engagement. Insbesondere danke ich der Verlegerin, die weder das Thema noch den Aufwand gescheut hat, mein Buch, trotz wirtschaftlich schwierigen Zeiten, zu veröffentlichen. Durch ihre klare und herzliche Art fühlte ich mich sehr willkommen mit dem Buchprojekt. Der Lektorin Bettina Bremer, die mit viel Geduld, Ausdauer und Mut den Text zur Druckreife gebracht hat. Ihre gleichermaßen professionelle wie einfühlsame Herangehensweise weiß ich sehr zu schätzen.

Danke auch an Michaela Götze, die den Anstoß gab, meine Geschichte aufzuschreiben. Christine Loewenstein, die ebenfalls den Anstoß gab, schon vor vielen Jahren, und die während des Schreibens immer in meinem Geist und Herzen war.

Mein besonderer Dank gilt Karen-Susan Fessel, die den Text vorlektoriert und mich weit darüber hinaus unterstützt hat, indem sie den Prozess des Schreibens und Entstehens mit großer Wertschätzung begleitet hat.

Von Herzen danke ich Helga Viets, die den ersten Entwurf Korrektur gelesen hat, mir stets mit gutem Rat, insbesondere auch bei juristischen Fragen, und freundlichem Humor zur Seite stand.

Bea Bautz, die, neben ihrer Großzügigkeit, mit Interesse und großer Offenheit während des ganzen Buchprojektes freundschaftlich für mich da war und mich immer wieder gestärkt hat, wenn mir Zweifel kamen. Ohne sie und ohne Solrun Jürgensen-Teichmann gäbe es dieses Buch nicht. Sie waren die beiden Ersten, denen ich Texte von mir gezeigt habe. Auch Solrun hat mich immer wieder ermutigt und mit ihrem Fachwissen und ihrem großen Herz wertvolle Impulse gegeben.

Claudia Strauß, die für mich beste Theaterregisseurin, die mich mit ihrer Rückmeldung zu meinen lyrischen Texten beflügelt hat.

Ulrike Riess hat mich großzügig unterstützt und durch ihr gespanntes Warten auf das Buch angespornt. Mit ihr habe ich so manche Schreibpause entspannt und genussvoll bei gutem Essen verbracht.

Meiner langjährigen und treuen Freundin Susanne Jakobs, die mich in mehrerer Hinsicht unterstützt hat. Sie hält mich aus mit meiner ganzen Aufgeregtheit und ist auch dann noch da, wenn ich »unter Dampf« bin.

Alle Genannten haben sich mit mir gefreut, dass der Text zur Veröffentlichung kommt. Das bedeutet mir am meisten, diese geteilte Freude.

Bücher aus dem Christel Göttert Verlag

Gita Iff: **Ich lebe. Ich bin**
Mutter und Tochter im Schatten von sexueller Gewalt – ein Aufbruch
ISBN: 978-3-939623-34-2

Renate Bühn, Maria Mathieu, Heike Pich (Hg.innen):
Was sehen Sie, Frau Lot? *Eine künstlerische Auseinandersetzung zu sexueller Gewalt an Mädchen und Frauen – gegen Täterschutz*
Katalog zur Ausstellung, ISBN: 978-3-922499-62-6

Dagmar Margotsdotter-Fricke: **Die Zauberhaft**
Von sexualisierter Gewalt im Märchen und wie betroffene Prinzessinnen dennoch Königinnen werden können
ISBN: 978-3-922499-83-1
(Auch als Hörbuch erhältlich: ISBN: 978-3-939623-20-5)

Saheta S. Weik: **Mit der Drachin reisen**
ISBN: 978-3-922499-55-8

Gabriele Fischer: **Im Ballsaal der Gaia**
Tanzend eine Heimat im Körper finden
ISBN: 978-3-922499-77-0

Rina Nissim: **Eine zeitgemäße Hexe**
Frauen und Gesundheit – Zur weltweiten Selbsthilfebewegung
ISBN: 978-3-939623-68-7

Senta Trömel-Plötz: **Mileva Einstein-Marić und andere geniale Frauen – Wortstücke**
ISBN: 978-3-939623-73-1

Sibylle Duda, Luise F. Pusch (Hg.innen): **Von Christiane Goethe bis Audrey Hepburn**, *21 Porträts von Brigitte Warkus*
ISBN: 978-3-922499-29-9

Luisa Muraro: **Vom Glück, eine Frau zu sein**
ISBN: 978-3-939623-74-8

Annine van der Meer: **Die Sprache unsrer Ursprungs-Mutter MA**
Die Entwicklung des Frauenbildes in 40 000 Jahren globaler »Venus«-Kunst, ISBN: 978-3-939623-60-1

Irene Fleiss: **Als alle Menschen Schwestern waren**
Bd. 1: Leben in matriarchalen Gesellschaften
ISBN: 978-3-922499-84-8
Bd. 2: Weiblichkeit in matriarchalen Gesellschaften – gestern und heute
ISBN: 978-3-922499-88-6

Weitere Informationen zu unseren Büchern aus den Bereichen Frauenbiografien, Frauengeschichte, Frauenliteratur, Frauen und Gesundheit, Matriarchatsforschung, Spiritualität, Philosophie und Politik der Frauen, Ratgeberinnen unter:
www.christel-goettert-verlag.de